# EN LETTRES D'ANCRE

DU MÊME AUTEUR

DES FEUILLES DANS LA BOURRASQUE, Grasset.

PAS DE LETTRE POUR LE COLONEL, Grasset.

LES FUNÉRAILLES DE LA GRANDE MÉMÉ, Grasset ; Livre de Poche, 1988.

LA MALA HORA, Grasset ; Livre de Poche, 1988.

CENT ANS DE SOLITUDE, Le Seuil. (Prix du meilleur livre étranger.)

RÉCIT D'UN NAUFRAGÉ, Grasset.

L'INCROYABLE ET TRISTE HISTOIRE DE LA CANDIDE ERENDIRA ET DE SA GRAND-MÈRE DIABOLIQUE, Grasset.

RÉCIT D'UN NAUFRAGÉ, Grasset.

L'AUTOMNE DU PATRIARCHE, Grasset ; Livre de Poche, 1982.

L'AMOUR AUX TEMPS DU CHOLÉRA, Grasset ; Livre de Poche, 1992.

CHRONIQUE D'UNE MORT ANNONCÉE, Grasset ; Livre de Poche, 1987.

LE GÉNÉRAL DANS SON LABYRINTHE, Grasset ; Livre de Poche, 1993.

DES YEUX DE CHIEN BLEU, Grasset.

DOUZE CONTES VAGABONDS, Grasset ; Livre de Poche, 1995.

*(suite en fin d'ouvrage)*

GABRIEL GARCÍA MÁRQUEZ

# NOUS NOUS VERRONS EN AOÛT

*roman*

*Traduit de l'espagnol (Colombie)*
*par* Gabriel Iaculli

BERNARD GRASSET
PARIS

*L'édition originale de cet ouvrage a été publiée par Random House en 2024 sous le titre :*

EN AGOSTO NOS VEMOS

Illustration bande : Malte Mueller/Gettyimages

ISBN 978-2-246-83632-2

# 1.

Elle revint dans l'île le vendredi 16 août par le bac de trois heures de l'après-midi. Elle portait un jean, une chemise écossaise à carreaux, des chaussures simples à talon plat, sans bas, une ombrelle en satin, son sac à main et, pour tout bagage, une mallette de plage. Sur le quai, dans la file des taxis, elle alla tout droit vers un vieux modèle rongé par le salpêtre de mer. Le chauffeur l'accueillit avec un salut amical et la conduisit en avançant cahin-caha à travers le village indigent avec ses bicoques de torchis, ses toits de palmes de sabal et ses rues de sable brûlant face à une mer en flammes. Il dut faire des cabrioles pour éviter les cochons impavides et les enfants nus qui le taquinaient en simulant des passes de torero. À l'extrémité du village, il s'engagea dans une allée de palmiers royaux où, entre la mer ouverte et une lagune côtière peuplée de hérons bleus, se succèdent les plages et les hôtels de tourisme. Il finit par s'arrêter devant l'hôtel le plus vieux et le plus déchu de tous.

Le réceptionniste l'attendait avec la fiche d'enregistrement à signer et les clefs de la seule chambre de l'étage qui donnait sur la lagune. Elle monta l'escalier en quatre enjambées et entra dans une pauvre pièce à l'odeur d'insecticide encore prégnante et presque entièrement occupée par un énorme lit double. Elle sortit de la mallette un nécessaire de toilette en maroquin ainsi qu'un livre dont les tranches n'étaient pas rognées, une page marquée par un coupe-papier en ivoire, et le posa sur la table de chevet ; elle en sortit aussi une chemise de nuit en satin rose qu'elle mit sous l'oreiller, un fichu en soie aux motifs d'oiseaux équatoriaux, une chemisette blanche et une vieille paire de tennis avec lesquels elle passa dans la salle de bain.

Avant de se préparer, elle ôta son alliance, puis la montre d'homme qu'elle portait au poignet droit, les posa sur la table de toilette et fit quelques ablutions rapides pour se débarrasser de la poussière du voyage et chasser la torpeur de la méridienne. Quand elle eut fini de s'essuyer, elle soupesa dans le miroir ses seins encore ronds et arrogants en dépit de ses deux accouchements. Elle tira ses joues en arrière du plat de ses mains pour se rappeler ce qu'elle avait été dans sa jeunesse, ignora les rides de son cou – le mal était sans remède – et inspecta ses dents parfaites, brossées depuis peu, après le déjeuner à bord du bac. Ensuite, elle frotta avec la bille du déodorant ses aisselles rasées avec soin et enfila la fine chemisette de coton ornée sur la poche, en broderie, des initiales AMB. Elle brossa ses longs cheveux noirs, qui tombaient sur ses épaules, et les resserra assez haut à l'arrière de sa tête avec le fichu aux oiseaux. Pour terminer, elle adoucit ses lèvres avec un bâton de simple vaseline, mouilla ses index sur sa langue pour lisser ses sourcils en bataille, mit une goutte de *Maderas de Oriente* derrière chaque oreille et affronta enfin dans le miroir son visage de mère automnale. Sa peau, sans trace de cosmétique, avait la couleur et le lissé de la mélasse de canne, et ses yeux de topaze aux sombres paupières portugaises étaient beaux. Elle s'éplucha tout entière, se toisa sans pitié et se trouva presque aussi bien qu'elle se sentait. Ce ne fut que quand elle eut remis son alliance et sa montre qu'elle s'avisa de son retard : il était quatre heures moins six, mais elle s'accorda une minute de nostalgie pour contempler les hérons qui planaient, immobiles, dans la torpeur ardente de la lagune.

Le taxi l'attendait sous les bananiers de l'entrée. Il démarra avant même qu'elle lui eût indiqué la direction à prendre, s'engagea dans l'allée des palmiers jusqu'à une place entre les hôtels où se tenait le marché en plein air et s'arrêta devant un éventaire de fleuriste. Une grande noire qui sommeillait sur une chaise longue, réveillée en sursaut par le coup de klaxon, reconnut la femme sur la banquette arrière de l'automobile et vint lui tendre le bouquet de glaïeuls préparé à son intention en riant et en débitant des sornettes. Quelques croisements plus loin, le taxi tourna et prit un chemin montant à peine carrossable sur une corniche caillouteuse. À travers l'air vitrifié par la chaleur on apercevait la mer des Caraïbes, les yachts alignés dans le port de plaisance, le bac de quatre heures qui regagnait la ville. Au sommet de la colline se trouvait un cimetière des plus pauvre.

Elle poussa sans effort le portail rouillé, s'engagea avec son bouquet de fleurs dans l'allée entre les tumulus étouffés par la végétation. Il y avait, au milieu, un kapokier aux grandes branches qui lui permit de s'orienter pour retrouver la tombe de sa mère. Les arêtes des graviers lui blessaient les pieds malgré l'épaisseur des semelles de crêpe, déjà chaudes, et le soleil filtrait au travers du satin de l'ombrelle. Un iguane surgit des broussailles, s'arrêta net devant elle, la regarda un instant et détala à toute allure.

Après avoir enfilé les gants de jardin qu'elle avait mis dans son sac, il lui fallut nettoyer trois pierres tombales avant de reconnaître le marbre jaunâtre avec l'inscription du nom de sa mère et la date de son décès, huit ans auparavant.

Chaque 16 août à la même heure elle faisait le même voyage, prenait le même taxi, s'arrêtait chez la même fleuriste et, sous un soleil de feu, dans ce même cimetière indigent, venait poser un nouveau bouquet de glaïeuls sur la tombe de sa mère. Puis il ne lui restait plus rien à faire jusqu'au lendemain, à neuf heures du matin, quand le premier bac du retour prenait la mer.

Elle s'appelait Ana Magdalena Bach, était âgée de quarante-six ans, dont vingt-six vécus en bons termes avec son mari, qu'elle aimait et qui l'aimait ; elle s'était unie à lui sans avoir terminé ses études d'arts et de lettres, encore vierge, et sans avoir eu au préalable le moindre amoureux. Sa mère, qui s'était distinguée en appliquant la méthode Montessori dans le primaire, n'avait jamais voulu pousser plus loin de toute sa vie, malgré ses mérites. Ana Magdalena avait hérité d'elle la splendeur de ses yeux dorés, la vertu de la discrétion et l'intelligence de savoir maîtriser son tempérament.

Sa famille se composait de musiciens. Son père avait été professeur de piano et directeur du Conservatorio Provincial pendant quarante ans. Son mari, lui aussi fils de musiciens et chef d'orchestre, avait succédé à son beau-père à la tête du conservatoire. Ils avaient un fils, exemplaire ; premier violoncelle de l'orchestre symphonique national à vingt-deux ans et applaudi par Mstislav Leopoldovitch Rostropovitch lors d'un concert privé. Quant à leur fille de dix-huit ans, elle avait une facilité confinant au génie pour jouer à l'oreille de n'importe quel instrument, ce qui lui convenait surtout comme prétexte pour passer la nuit dehors. Elle aimait d'un amour allègre un excellent trompettiste de jazz, mais voulait entrer dans l'ordre des Carmélites déchaussées, contre l'avis de ses parents.

En apprenant que, trois jours avant de mourir, sa mère avait fait savoir qu'elle désirait être enterrée dans l'île, Ana Magdalena s'était prononcée : elle voulait être du voyage, ce que personne n'avait trouvé prudent, d'autant moins qu'à l'entendre elle ne croyait pas pouvoir survivre à son chagrin. Son père ne l'emmena dans l'île qu'un an plus tard, quand on posa la dalle de marbre qui alors manquait encore à la tombe. Elle fut effrayée par la traversée en hors-bord qui dura près de quatre heures sans un instant de mer calme, mais elle admira les plages de poudre blonde au bord même de la forêt vierge, les oiseaux tapageurs et le vol fantomatique des hérons sur les eaux dormantes de la lagune côtière. La misère du petit village où ils durent dormir à la belle étoile dans des hamacs suspendus entre deux cocotiers la déprima, quand bien même l'endroit avait vu naître un poète et un sénateur grandiloquent qui faillit être président de la République. Le nombre de pêcheurs noirs mutilés d'un bras par l'explosion prématurée d'un bâton de dynamite l'impressionna. Mais, avant tout, elle comprit la volonté de sa mère quand, du plus haut point du cimetière, elle découvrit la splendeur du monde. C'était l'unique endroit solitaire où elle ne pouvait se sentir seule. Alors, Ana Magdalena Bach se fit un devoir de laisser sa mère ensevelie là et d'apporter tous les ans un bouquet de glaïeuls pour fleurir sa sépulture.

Août était le mois des grandes chaleurs et des averses torrentielles, mais elle y vit une de ses pénitences à faire sans faute et toujours seule. Elle n'y dérogea qu'une fois, à cause de l'insistance de ses enfants désireux de se rendre sur la tombe de leur grand-mère. La nature le lui fit payer d'une traversée épouvantable : le hors-bord largua les amarres malgré la pluie afin de leur éviter d'être surpris par la nuit au milieu de la passe, et les enfants débarquèrent terrorisés et terrassés par le mal de mer. Heureusement ils purent dormir dans le meilleur des hôtels de tourisme, que le sénateur natif de l'île avait fait construire en son nom avec des deniers publics.

D'année en année, Ana Magdalena Bach vit croître les falaises de verre qui se multipliaient à mesure que le village s'appauvrissait. Les hors-bords furent remplacés par le bac. La traversée durait toujours quatre heures, mais avec air conditionné, orchestre et filles de joie. Elle seule s'en tint à une routine qui faisait d'elle la visiteuse la plus ponctuelle du petit village.

Rentrée à l'hôtel, elle s'étendit sur le lit avec pour tout vêtement une culotte de dentelle, et, sous les pales du ventilateur de plafond qui brassaient à peine la chaleur, reprit la lecture du livre à la page marquée par le coupe-papier. C'était le *Dracula* de Bram Stoker. Elle en avait lu la moitié à bord du bac, avec la ferveur qui s'attache aux chefs-d'œuvre. Le livre sur la poitrine, elle s'endormit et se réveilla deux heures plus tard dans les ténèbres, trempée de sueur et morte de faim.

Le bar de l'hôtel, où elle était descendue manger quelque chose avant de remonter dans sa chambre, restait ouvert jusqu'à dix heures du soir. Elle remarqua qu'il y avait davantage de clients que les fois précédentes à cette heure-là, et il lui sembla que le serveur n'était pas le même que d'habitude. Elle commanda, pour être sûre de son fait, le même sandwich jambon-fromage que les autres années, du pain grillé et du café au lait. Pendant qu'on la servait, elle s'aperçut qu'elle était entourée des mêmes touristes d'âge mûr qu'au temps où il n'y avait pas au village d'autre hôtel que celui-ci. Une jeune mulâtresse chantait des boléros tristes et c'était le même Agustín Romero, âgé et aveugle, qui l'accompagnait avec amour sur le même piano délabré de la soirée d'inauguration.

Elle termina son repas rapidement, en s'efforçant de surmonter l'humiliation de manger seule, mais elle trouva de l'agrément à la musique, douce et apaisante, et la petite savait chanter. Quand elle eut fini, il ne restait dans la salle que trois couples à des tables éloignées les unes des autres et, juste en face d'elle, un homme singulier vêtu de lin blanc, aux cheveux argentés, qu'elle n'avait pas vu entrer. Avec une bouteille de brandy et un verre à moitié plein posés devant lui sur sa table, il donnait l'impression d'être seul au monde.

Le pianiste attaqua le *Clair de lune* de Debussy dans un arrangement hasardeux pour boléro, que la jeune mulâtresse chanta avec grand sentiment. Émue, Ana Magdalena Bach commanda un gin avec glace et eau gazeuse, la seule boisson alcoolisée qui lui réussissait. La première gorgée bue, le monde ne fut plus le même. Elle se sentit délurée, allègre, capable de tout et embellie par la fusion sacrée de la musique et du gin. Elle croyait que l'homme assis à la table en face de la sienne ne l'avait pas remarquée, mais elle le surprit en train de l'observer quand elle posa un nouveau regard sur lui. Il rougit. Elle ne baissa pas les paupières tandis que de son côté il consultait sa montre de gousset avant de la glisser dans la poche de son gilet. Embarrassé, il se servit un autre verre, son intérêt apparemment attiré par la porte d'entrée, et décontenancé parce qu'il était conscient qu'elle l'observait sans indulgence. Alors, il la regarda droit dans les yeux. Elle lui sourit, il lui adressa une légère inclinaison de tête.

« Puis-je vous offrir un verre ? lui demanda-t-il.

— Ce serait un plaisir. »

Il vint à sa table et la servit avec grand style. Puis il dit :

« Santé ! »

Elle se mit au diapason, tous les deux burent d'un trait. Il avala de travers, toussa avec des soubresauts qui le secouèrent tout entier et finit baigné de larmes. Le silence entre eux se prolongea jusqu'à ce qu'il eût séché ses pleurs avec un mouchoir parfumé à la lavande et recouvré sa voix. Alors, elle osa lui demander s'il attendait quelqu'un.

« Non, dit-il. C'était une chose qui comptait beaucoup pour moi, mais qui ne s'est pas faite. »

Elle demanda avec une expression d'incrédulité affectée : « Une affaire ? », ce à quoi il répondit : « Ce n'est pas mon genre », mais il le fit sur le ton que prennent les hommes quand ils préféreraient ne pas être crus. Elle entra dans son jeu, allant jusqu'à lui dire, d'une manière des plus triviales, étrangère à sa façon d'être, mais bien pesée :

« Elle doit être chez elle. »

Ana Magdalena continua ainsi à l'aiguiller avec son tact subtil jusqu'à l'entortiller dans une conversation banale, s'amusa à deviner son âge, quarante-six, avança-t-elle, en se trompant à peine d'un an. Ensuite, elle tenta de découvrir à son accent son pays d'origine et se déclara vaincue à la troisième tentative : c'était un gringo d'Espagne. Puis elle essaya de deviner sa profession et, à sa seconde tentative, il s'empressa de dire qu'il était ingénieur civil, aussi supputa-t-elle que c'était là un subterfuge pour l'empêcher de découvrir la vérité.

Elle évoqua l'audace qu'il avait fallu pour faire d'une composition de Debussy un boléro, ce dont il ne s'était même pas rendu compte. Il put seulement constater qu'elle s'y connaissait en musique, alors que lui n'était jamais allé au-delà du *Beau Danube bleu*. Sur ce, elle lui dit qu'elle était en train de lire le *Dracula* de Stoker. Oui, il l'avait lu lui aussi, au lycée, et était encore impressionné par le passage où le comte débarque à Londres sous la forme d'un chien. Elle reconnut que la scène était frappante, ajouta qu'elle ne comprenait pas pourquoi Francis Ford Coppola l'avait modifiée dans son film inoubliable. À la deuxième gorgée, elle sentit que le brandy avait rejoint le gin quelque part dans son cœur et dut se concentrer pour ne pas perdre la tête. La musique s'arrêta à onze heures, et l'orchestre n'attendit plus que leur départ pour quitter la salle.

À ce moment-là, elle le connaissait comme si elle avait vécu avec lui depuis toujours. Elle savait qu'il était soigné, impeccablement vêtu, avec des mains dont les ongles à l'émail naturel ne faisaient qu'accentuer le dessèchement de la peau, et qu'il avait un bon cœur craintif. Quand elle s'aperçut qu'il était intimidé par ses grands yeux jaunes, elle ne les détacha plus de lui. Alors, se sentant assez forte pour accomplir ce qu'elle n'avait jamais envisagé, même en rêve, elle le fit sans détour :

« On monte ? »

Il avait perdu tout pouvoir.

« Je ne vis pas ici », dit-il.

Mais elle n'attendit même pas qu'il eût fini de parler pour répliquer : « Moi si », se lever, secouer à peine la tête pour en mater toute résistance en ajoutant : « Deuxième étage, chambre 203, à droite de l'escalier. Ne frappe pas, pousse simplement la porte. »

Ana Magdalena monta à sa chambre portée par une frayeur délicieuse qu'elle n'avait plus éprouvée depuis sa nuit de noces. Elle mit le ventilateur en marche sans allumer la lumière et se dévêtit, filant dans le noir, d'un mouvement, de la porte de la chambre à la salle de bain en laissant derrière elle, à terre, un sillage de vêtements. Quand elle alluma la lampe de la table de toilette, elle dut fermer les yeux et inspirer profondément pour reprendre souffle et arrêter le tremblement de ses mains. En toute hâte, elle se lava le sexe, les aisselles et les orteils macérés par le crêpe des semelles de ses chaussures, parce que, malgré les sueurs de l'après-midi, elle avait eu l'intention de ne pas prendre de bain avant le lendemain matin. Faute de temps pour se brosser les dents, elle mit sur sa langue un rien de pâte dentifrice et regagna la chambre à peine éclairée par la diagonale de lumière venue de la table de toilette.

Sans attendre que son invité pousse la porte, elle l'ouvrit de l'intérieur quand elle le sentit approcher. Il s'en alarma, mais elle prit les devants dans l'obscurité. Avec des gestes brusques, elle lui enleva veste, cravate et chemise qu'elle laissa tomber par terre, derrière lui. L'air s'imprégna d'un léger parfum de lavande. Tout d'abord, il tenta de l'aider, mais elle ne lui en laissa pas le temps. Quand il fut nu jusqu'à la ceinture, elle l'assit sur le lit, se baissa pour lui enlever chaussures et chaussettes pendant qu'il défaisait la boucle de sa ceinture et déboutonnait sa braguette, si bien qu'elle n'eut qu'à tirer sur les jambes du pantalon pour le lui ôter. Aucun des deux ne s'inquiéta des clefs, des billets, des pièces de monnaie et du couteau qui s'éparpillèrent sur le sol. Enfin, elle l'aida à faire glisser le caleçon le long de ses jambes et découvrit que, moins bien pourvu que son mari, le seul adulte dont elle connaissait la nudité, il était dispos et raidi.

Ana Magdalena ne lui laissa pas la moindre initiative. Elle le chevaucha jusqu'à la racine et le dévora pour son seul plaisir, sans penser à lui, jusqu'à ce qu'ils se retrouvent tous deux perplexes et épuisés dans un bain de sueur. Restée au-dessus de lui, elle luttait contre les premiers scrupules qui troublaient sa conscience sous le bruit suffoquant du ventilateur, quand elle se rendit compte qu'il peinait à respirer, en croix sous le poids de son corps, et elle s'allongea sur le dos à son côté. Il resta immobile et, quand il eut recouvré son souffle, lui demanda :

« Pourquoi moi ?

— J'ai suivi une inspiration, répondit-elle.

— Venant d'une femme telle que vous, c'est un honneur.

— Ah, plaisanta-t-elle, ce n'était pas un plaisir ? »

Il ne répondit pas et tous les deux, couchés, demeurèrent suspendus aux rumeurs de leurs âmes. La chambre était belle dans la pénombre verte de la lagune. Un battement d'ailes se fit entendre. Il demanda ce que c'était. Elle lui parla du comportement nocturne des hérons. Au bout d'une bonne heure de murmures, elle se mit à l'explorer du bout des doigts, très lentement, de la poitrine au bas-ventre. Ensuite, elle poursuivit du pied tout au long de ses jambes, et s'en assura : il était entièrement couvert d'un doux poil épais comme la mousse printanière. Puis sa main alla retrouver l'animal au repos, qu'elle découvrit languide mais encore palpitant. Il lui facilita le mouvement en changeant de position. La pulpe de ses doigts reconnut le calibre, la forme, le frein désireux, le gland de soie avec son ourlet qui semblait avoir été cousu avec une aiguille courbe. Elle en compta au toucher les reliefs, et il se hâta d'expliquer ce qu'elle avait déjà imaginé :

« J'ai été circoncis adulte, dit-il en ajoutant avec un soupir : Un drôle de plaisir.

— Ah, tout de même, enfin quelque chose qui n'a pas été un honneur », fit-elle sans ménagement.

Elle s'empressa de mitiger la bourrade en lui donnant de tendres baisers sur l'oreille et le cou, ses lèvres à lui cherchèrent les siennes et ils s'embrassèrent sur la bouche pour la première fois. Elle le chercha de nouveau, le trouva prêt à la charge et voulut le prendre d'assaut encore une fois, mais il se trouva être un amant exquis qui la conduisit sans bousculades au degré d'ébullition. Surprise que des mains aussi primitives fussent capables d'une telle douceur, elle voulut opposer une résistance en recourant à des coquetteries élémentaires, mais il s'imposa avec fermeté, la mania à son gré et à sa manière, et la combla.

Ils étaient tous deux assouvis quand un coup de tonnerre secoua la construction sur ses assises. Le vent força le loquet de la fenêtre. Ana Magdalena s'empressa d'aller la fermer et, dans le midi instantané d'un nouvel éclair, vit à travers la pluie la lagune hérissée, la lune immense sur l'horizon et les hérons bleus qui, sans plus de grâce, battaient des ailes dans la tourmente. Il dormait.

En regagnant le lit, elle se prit les pieds dans leurs vêtements. Laissant les siens par terre avec l'intention de les ramasser plus tard, elle pendit au dossier de la chaise la veste, la chemise et la cravate de son invité, remit avec soin le pantalon en ses premiers plis, pour qu'il ne fût pas fripé, et posa par-dessus les clefs, le couteau et l'argent. L'air de la chambre avait été rafraîchi par la tempête, aussi se couvrit-elle de la chemise de nuit rose, d'une soie si pure qu'elle lui hérissa la peau.

Couché sur le côté, jambes repliées, l'homme lui fit l'impression d'un énorme orphelin, et une rafale de compassion eut raison d'elle. Ana Magdalena se coucha tout contre lui, l'étreignit par la taille, et le rayonnement de son corps en sueur finit de le réveiller. Il poussa un soupir rugueux et s'écarta, indolent. Elle dormit à peine, fut réveillée par la défaillance du ventilateur quand l'électricité fut coupée et la chambre plongée dans une pénombre ardente. Il ronflait alors avec un sifflement continu. Par pure malice, elle se mit à le tripoter du bout des doigts. Il cessa de ronfler et en un brusque sursaut revint à la vie. Elle le lâcha un instant pour retirer d'un mouvement brusque sa chemise de nuit. Mais quand elle retourna vers lui, ses stratagèmes furent inutiles, parce qu'elle vit bien qu'il jouait l'ensommeillé pour ne pas la satisfaire une troisième fois. Ce fut ainsi qu'elle remit sa chemise de nuit et s'endormit en lui tournant le dos.

Sa routine habituelle la réveilla à six heures du matin. Elle resta allongée un instant, laissant son esprit divaguer, les yeux fermés, sans oser reconnaître le cognement douloureux à ses tempes, ni la vague nausée, ni le désarroi dû à quelque chose d'encore inconnu qui l'attendait sans doute dans la vie réelle. Au bruit du ventilateur, elle s'avisa que l'électricité avait été rétablie et qu'à cette heure l'intérieur de la chambre devait être visible dans l'aube bleue de la lagune. Tout à coup, telle le rayon de la mort, la conscience brutale qu'elle avait forniqué et dormi pour la première fois de sa vie avec un homme qui n'était pas son mari la foudroya. Effrayée, elle se tourna pour le regarder par-dessus son épaule, mais il n'était pas là. Il n'était pas non plus dans la salle de bain. Elle appuya sur l'interrupteur de l'éclairage général et vit que ses affaires à lui manquaient et qu'en revanche les siennes, qu'elle avait laissées tomber par terre quelques heures plus tôt, étaient maintenant pliées et rangées comme avec amour sur la chaise. Ana Magdalena réalisa seulement à ce moment-là qu'elle ne savait rien de lui, même pas son nom, et que tout ce qui lui restait de sa folle nuit était une triste odeur de lavande dans l'air purifié par la bourrasque. Ce fut en prenant le livre sur la table de chevet pour le ranger dans sa mallette qu'elle s'en aperçut : il lui avait laissé entre deux pages d'épouvante un billet de vingt dollars.

# 2.

Plus jamais elle ne devait être la même. Elle l'avait pressenti sur le bac du retour, au milieu des hordes de touristes parmi lesquels elle s'était de tout temps sentie étrangère et qui, sans raison évidente, lui semblèrent soudain abominables. Ana Magdalena avait toujours été une bonne lectrice. À deux doigts de terminer ses études, elle avait lu avec rigueur tout ce qu'il fallait lire et continué avec ce qu'elle aimait par-dessus tout : les grands romans d'amour, et plus encore quand ces amours étaient malheureuses et n'en finissaient plus. Elle poursuivit avec de courts romans d'un genre ou d'un autre, passant de *La Vie de Lazarillo de Tormès* au *Vieil Homme et la mer* ou à *L'Étranger.* Elle détestait les livres au goût du jour et savait que le temps lui manquait pour ne pas se laisser distancer. Ces dernières années, elle s'était complètement immergée dans les romans fantastiques. Mais, ce jour-là, étendue au soleil sur le pont, elle ne put lire un seul mot, ni penser à autre chose qu'à la nuit précédente.

Les bâtiments du port, tout en hauteur, qui lui étaient si familiers depuis ses années d'étudiante, lui semblèrent méconnaissables et corrodés par le sel. Sur le quai, elle prit un autobus du service public aussi vétuste que l'avaient été tous ceux de ses années de scolarité, bondés de pauvres, la musique de la radio à tue-tête comme pour un jour de carnaval, mais celui de cette mi-journée étouffante lui parut plus pénible que jamais et, pour la première fois, elle se sentit incommodée par l'air rébarbatif et le relent d'étable de ses passagers. Les échoppes du marché tumultueux, qu'elle connaissait si bien depuis son enfance et où, pas plus tard que la semaine précédente, elle était venue faire des courses en compagnie de sa fille sans que rien l'y eût choquée le moins du monde, lui donnèrent le frisson comme l'auraient fait les rues de Calcutta quand, le matin, des équipes d'éboueurs armés de gourdins tapent sur les corps qui jonchent les trottoirs pour faire le tri entre les dormeurs et les morts. Ce fut ce jour-là, en voyant au rond-point de l'Avenida de la Independencia la statue équestre d'El Libertador, inaugurée trente ans auparavant, qu'elle remarqua que le cheval était cabré et l'épée brandie sur le ciel.

En rentrant chez elle, Ana Magdalena, prise de peur, demanda à Filomena quel désastre était survenu en son absence pour que les oiseaux ne chantent plus dans leurs cages et que les pots de fleurs amazoniennes, les fougères retombantes, les guirlandes de volubilis bleus aient disparu de la véranda. Filomena, l'éternelle servante, lui rappela qu'elle les avait sortis dans le patio pour qu'ils puissent profiter de la pluie, comme elle lui en avait donné l'ordre avant de partir. Il lui fallut pourtant quelques jours pour prendre conscience que ces altérations ne venaient pas du monde mais d'elle-même, qui avait toujours avancé dans la vie sans la voir : c'était seulement cette année, depuis son retour de l'île, qu'elle s'était mise à la considérer avec un regard prévenu.

Bien qu'elle ne fût pas consciente des motifs de cette altération, ils avaient tout de même quelque chose à voir avec le billet de vingt dollars glissé à la page cent seize de son livre. Elle en avait souffert avec un sentiment d'humiliation insupportable, sans un instant de répit. Elle en avait pleuré de rage, dans sa frustration de ne pas savoir qui était l'homme qu'elle devrait tuer pour avoir avili le souvenir d'une aventure heureuse. Pendant la traversée, elle s'était sentie en paix avec elle-même pour cette coucherie sans amour qu'elle considéra en son for intérieur comme une affaire entre elle et son mari ; mais elle ne put surmonter le tourment de ce billet qu'elle sentait brûler, telle une braise ardente, moins dans le portefeuille où elle l'avait mis que dans son cœur. Elle se demandait si elle devait le faire encadrer comme un trophée ou le déchirer et conjurer ainsi son indignité. La seule chose qui ne lui semblait pas décente c'était de le dépenser.

La journée acheva de péricliter quand Filomena lui dit qu'à deux heures de l'après-midi son époux ne s'était pas encore levé. Ana Magdalena ne se rappelait pas qu'une telle chose se fût jamais produite, sauf quand, après les rares samedi où ils passaient ensemble une nuit blanche, ils restaient des dimanches entiers au lit. Elle le trouva prostré par un mal de tête. Il avait laissé les rideaux ouverts et la lumière aveuglante de ce début d'après-midi se réverbérait dans la chambre. Elle les ferma, puis voulut réconforter son mari d'une caresse tendre quand une idée sombre l'en empêcha. Presque sans y penser, elle lui posa la question qu'elle-même redoutait entre toutes :

« On peut savoir où tu étais, cette nuit ? »

Il la regarda, étonné. Sous son toit, jamais ne s'était posée une question pareille, pourtant des plus commune même dans les mariages heureux. Aussi, moins inquiet qu'amusé, il lui demanda à son tour :

« Où et avec qui ? »

Elle leva la garde :

« Que veux-tu dire ? »

Mais il éluda le défi et lui raconta qu'il avait passé une magnifique nuit de jazz en compagnie de leur fille. Sur quoi il changea aussitôt de sujet.

« Au fait, dit-il. Tu ne m'as même pas raconté comment ça c'est passé. »

Alarmée, elle supposa que sa question malvenue pouvait avoir ranimé en lui sous la cendre quelque vieille défiance. À cette seule idée, elle fut épouvantée :

« Comme d'habitude. Il y a eu une coupure de courant à l'hôtel et, ce matin, pas d'eau pour la douche », mentit-elle… Elle n'avait donc pas pu se rafraîchir, après deux jours de transpiration. Mais la mer était calme, il faisait frais, et par moments elle avait pu sommeiller au cours de la traversée.

Il se leva d'un bond, en caleçon – sa tenue de nuit –, et passa à la salle de bain. Il était gigantesque, sportif, et d'une beauté manifeste. Elle l'y suivit et ils restèrent à s'entretenir, lui depuis la cabine de douche embrumée, elle assise sur l'abattant des toilettes, comme ils le faisaient aux premiers temps de leur mariage.

Ana Magdalena revint sur le sujet de leur fille indomptable.

Micaela, qui portait le prénom de sa grand-mère enterrée dans l'île et s'entêtait à entrer dans les ordres tout en poursuivant ses amours avec un virtuose de jazz un peu plus âgé qu'elle, faisait avec lui la fête jusqu'au matin, et cela, sa mère ne pouvait l'admettre. Elle pouvait encore moins comprendre, dit-elle, que sa fille s'exhibât en compagnie de son père dans un antre de musiciens drogués. Son mari lui répliqua, amusé, en la raillant :

« Ne me dis pas que tu me jalouses notre propre fille. »

Ana Magdalena aurait été soulagée de lui dire que oui, mais elle estima que ce n'était pas le bon jour pour aigrir un dialogue d'amoureux. Il fredonna sous le jet les premières mesures du concerto pour piano de Grieg tout en se savonnant, et se retourna brusquement.

« Tu ne viens pas ? »

Une seule raison la fit hésiter, mais elle était de poids, pour quelqu'un d'aussi scrupuleux qu'elle.

« Je ne me suis pas lavée depuis hier, dit-elle. Je pue comme un putois.

— Raison de plus, fit-il. Cette eau est délicieuse. »

Alors, elle enleva la chemise écossaise à carreaux, le blue-jean et la culotte de dentelle avec lesquels elle était revenue de l'île, les jeta dans le panier à linge et entra dans la cabine. Il lui céda sa place sous le jet et la savonna comme il le faisait d'habitude, de la tête aux pieds, sans interrompre leur conversation.

Ce n'était là rien de nouveau : ils avaient su conserver certaines de leurs habitudes d'amants, parmi lesquelles celle de se doucher ensemble. Aux premiers temps de leur union, comme ils commençaient à travailler à la même heure, plutôt que d'en arriver à l'éternel tiraillement pour déterminer qui se doucherait le premier, ils avaient appris à le faire ensemble. Ils se savonnaient l'un l'autre avec de tels transports qu'ils finissaient souvent par s'étreindre à même le sol de la salle de bain puis sur le tapis en soie acheté à cette fin pour ne pas s'abîmer le dos au gré de leurs ébats fulminants.

Pendant leurs trois premières années de mariage, ils furent ponctuels, le firent tous les jours, la nuit dans le lit, le matin dans la salle de bain, excepté les trêves sacrées des règles et des accouchements. De concert, ils devinèrent à temps les pièges de la routine, et sans même nouer d'entente, décidèrent d'ajouter à l'amour un grain d'aventure. Pendant un certain temps, ils se rendirent dans des hôtels de passe, des plus raffinés à de vrais coupe-gorges, jusqu'à la nuit où, après une attaque à main armée, on les laissa nus comme au premier jour. Leurs inspirations étaient tellement imprévisibles qu'Ana Magdalena prit l'habitude d'avoir en permanence des préservatifs dans son sac pour éviter les surprises. Ce fut pourtant par hasard qu'ils découvrirent un jour, imprimé sur une pochette, le slogan publicitaire : *Next Time Buy Lutecian.* Ce fut ainsi que commença une longue période au cours de laquelle, à chaque étreinte, ils reçurent en prime une formule bien trouvée, qui pouvait aller de la blague salace à une sentence de Sénèque.

Avec la venue des enfants et les changements d'horaire, ils perdirent le bon tempo, mais le retrouvèrent chaque fois qu'ils le pouvaient, et leur amour, dans lequel même la folie était admissible, fut toujours heureux. Ils s'ingénièrent à le régénérer, y compris aux moments les moins propices, jusqu'à ce qu'ils eussent fait le tour du grain d'aventure et fussent revenus à leur routine.

Il s'appelait Doménico Amaris. C'était un homme de cinquante-quatre ans, bien éduqué, beau et élégant, directeur du Conservatorio Provincial depuis plus de vingt ans. Outre son talent éminent de chef d'orchestre, il possédait aussi ceux de séducteur de salon et de caricaturiste musical capable de sauver une soirée en interprétant un boléro d'Agustín Lara dans le style de Chopin ou un danzón cubain à la manière de Rachmaninov. Il avait brillé à l'université en chant, natation, art oratoire, tennis de table. Personne ne racontait une blague comme lui, ni ne connaissait comme lui les figures de danse les plus singulières, entre autres celles du cotillon, du charleston et du tango apache. C'était aussi un prestidigitateur téméraire qui, au cours d'un repas de gala au conservatoire, avait fait sortir de la soupière un poulet vivant qui battait des ailes au moment où le gouverneur soulevait le couvercle pour se servir. Nul ne savait qu'il jouait aux échecs jusqu'à la nuit où il défia Paul Badura-Skoda après un magnifique concert et où ils furent à égalité onze parties de suite jusqu'au lendemain matin à neuf heures. Sa carrière de boute-en-train impénitent manqua de se terminer en catastrophe quand il convainquit les jumelles García d'interchanger leurs prétendants et que ceux-ci faillirent épouser celle qui n'était pas leur promise. Ce fut sa dernière farce, parce que ni les fiancés ni aucun membre des deux familles ne lui accordèrent jamais leur pardon. Il n'empêche qu'Ana Magdalena se fit à lui, devint pareille à lui, et ils se connurent si bien qu'ils finirent par ne plus faire qu'un.

À cette époque-là, il se sentait à son sommet avec ses idées originales. Il avait toujours pensé que l'œuvre d'un grand musicien est indissociable de son destin et croyait l'avoir démontré par une étude systématique de la musique et des vies des grands maîtres. S'étant ainsi persuadé que l'œuvre de Brahms la plus inspirée était son concerto pour violon, il ne comprenait pas comment le musicien avait pu laisser à Dvořák la composition du magistral concerto pour violoncelle. Finalement, il avait abandonné la direction d'orchestre, cessé d'écouter la musique enregistrée et, sauf quand il s'agissait d'apprécier une interprétation exceptionnelle, il préférait la lire, se satisfaisant des ateliers expérimentaux qu'il promouvait dans son conservatoire.

Sur ces théories personnelles, peut-être indémontrables, il échafaudait un manuel pour prôner un moyen plus humain d'écouter la musique, et un état d'âme spécifique pour l'interpréter. Les chapitres consacrés à trois exemples majeurs : Mozart et Schubert, génies torrentiels, mais aux vies brèves et malheureuses, et Chausson, victime à son heure faste d'une absurde chute à bicyclette, étaient déjà très avancés.

L'unique souci familial, en fait, était le comportement de leur fille, l'enchanteresse rebelle Micaela, qui essayait obstinément de les convaincre qu'être nonne à l'heure actuelle n'était plus la même chose que jadis. Elle avait en effet la certitude qu'à l'aube du troisième millénaire, on en aurait même fini avec le vœu de chasteté. Le plus curieux était encore que sa mère s'opposait à sa vocation pour des raisons différentes de celles de son père, pour qui l'affaire n'était pas si grave : on ne manquait pas de musiciens dans la famille. Même Ana Magdalena avait désiré jouer de la trompette, mais sans le pouvoir. Tous savaient chanter. Mais la particularité de leur fille – avoir pris la joyeuse habitude de ne pas dormir la nuit – soulevait une difficulté. La situation devint critique quand elle disparut pendant toute une fin de semaine avec son trompettiste mulâtre. Ils ne recoururent pas à la police parce que dans les milieux de la bohème juvénile, il n'y avait pas un seul de leurs amis qui ne sût où ils étaient. Il apparut qu'ils se trouvaient dans l'île. Une terreur rétrospective s'empara d'Ana Magdalena au retour de Micaela, qui tenta de la rassurer en lui apprenant quelque chose d'insolite : elle était allée déposer une rose sur la tombe de sa grand-mère. On ne sut jamais si c'était vrai et sa mère n'eut pas le moindre désir de s'en assurer. Elle lui fit seulement savoir qu'elle aurait dû venir la consulter au préalable pour une raison que sa fille ignorait, et qu'elle lui donna.

« Maman détestait les roses. »

Doménico Amaris comprenait les arguments de sa fille, mais ne remettait pas en cause l'autorité de sa femme par loyauté et, comme toujours en pareil cas, refusait de s'en mêler. Encore heureux, Micaela condescendit à ne plus passer de nuit blanche pendant quelques mois, excepté les fins de semaine. Elle mangea souvent en famille, eut des conversations téléphoniques quotidiennes de plus de trois heures, et après le dîner s'enferma dans sa chambre avec des téléfilms dont les hurlements et les explosions firent de la vie domestique une longue nuit d'épouvante. Pour ajouter au grand désarroi de ses parents, au cours des conversations qui suivaient les repas, elle se montrait très bien informée et d'une grande maturité sur les sujets culturels. Ce ne fut pas tout ; par un heureux hasard, sa mère apprit que ce n'était pas comme elle le croyait avec son petit ami jazzman qu'elle avait ces conversations interminables au téléphone, mais avec la catéchiste du couvent, ce dont elle se réjouit comme d'un moindre mal.

Les choses en étaient là quand un soir, à table, Ana Magdalena se déclara terrorisée à la seule idée que Micaela pût revenir enceinte d'une de ses fins de semaine, et sa fille voulut la rassurer en lui annonçant comme une bonne nouvelle que dès ses quinze ans, un ami médecin lui avait posé un dispositif infranchissable. Sa mère, qui n'avait jamais poussé l'audace au-delà de celle que lui insufflaient les slogans publicitaires sur les enveloppes de préservatifs, lui décocha, hors d'elle, un direct au cœur en criant :

« Espèce de pute ! »

Le silence qui suivit ce cri resta vitrifié pendant quelques jours dans l'atmosphère de la maison. Ana Magdalena pleura, inconsolable, enfermée dans sa chambre, plus par honte de ses impulsions que par rancœur envers sa fille. Son époux fit comme si de rien n'était pendant que sa femme sanglotait, parce qu'il savait alors que l'origine de ces larmes ne résidait qu'en elle, bien qu'il ignorât de quoi elle était faite.

L'inquiétude qu'Ana Magdalena inspirait à Doménico l'effraya et acheva de la persuader que quelque chose avait changé dans l'attitude des hommes à son égard. Elle avait toujours reçu des avances, mais avec tant d'indifférence qu'elle les oubliait sans peine. Cette année-là, à son retour de l'île, elle eut pourtant l'impression de porter au front un stigmate que les hommes voyaient et qui ne pouvait passer inaperçu à celui qui l'aimait tant et qu'elle aimait plus que tout autre. Tous deux, grands fumeurs, s'en étaient tenus à deux paquets par jour pendant de nombreuses années, puis avaient arrêté ensemble sur un pacte d'amour. Néanmoins, elle s'était remise à fumer à son retour de l'île, ce qu'il avait découvert aux changements de place des cendriers, à l'odeur du tabac froid qui persistait malgré la pulvérisation discrète de purificateurs d'air, et aux mégots oubliés par inadvertance.

Tout l'ordre des choses changea dès le moment où elle revint de l'île. Pendant plusieurs mois, elle ne put poursuivre la lecture de l'*Antología de Cuentos Fantásticos* de Borges et Bioy Casares. Elle dormait mal, allait avant l'aube fumer aux toilettes et tirait la chasse pour évacuer les mégots, alors que Doménico savait déjà qu'il les trouverait, flottant encore dans la cuvette, quand il se réveillait à cinq heures. Ce n'était pas tant qu'elle se levait pour fumer ; au contraire, elle fumait parce qu'elle ne trouvait pas la paix pour pouvoir dormir. Il lui arrivait d'allumer la lampe de chevet pour lire pendant quelques brèves minutes, de l'éteindre puis de se tourner et de se retourner dans le lit en prenant des précautions millimétriques pour ne pas réveiller son mari. Jusqu'à la nuit où celui-ci se risqua à lui demander :

« Que t'arrive-t-il ? »

Ce à quoi elle répondit sèchement :

« Rien. Pourquoi ?

— Tu me pardonneras, mais je ne peux pas ne pas remarquer à quel point tu as changé, fit-il, enfonçant le clou avec son tact exquis. Aurais-je quelque chose à me reprocher ?

— Je ne sais pas, moi, je ne m'en suis même pas rendu compte, dit-elle avec l'aplomb qui impressionnait tellement Doménico. Mais tu as peut-être raison. Ce ne serait pas à cause du boulet de ces fins de semaine de Micaela ?

— Non, c'était avant ça, répondit-il, et il se risqua à faire le dernier pas : Tu es revenue comme ça de l'île. »

Avec les premières chaleurs de juillet se fit sentir dans sa poitrine un volettement de papillons qui ne devait plus lui laisser de répit jusqu'à sa prochaine traversée. Ce fut un mois très long que l'incertitude rallongea encore. Ce voyage avait toujours été aussi simple que si elle allait passer un dimanche à la plage, mais il fut cette année-là présidé par la panique de rencontrer l'amant fugace aux vingt dollars que son cœur avait déjà répudié. Au lieu de la tenue de vachère et de la mallette de plage avec les affaires des années précédentes, elle choisit cette fois un ensemble en lin écru, des sandales dorées et mit dans sa valise un deux-pièces habillé, des espadrilles à talon compensé et une parure fantaisie émeraude. Elle se sentit changée : autre et audacieuse.

## 3.

Débarquée dans l'île, son taxi lui parut plus déglingué que jamais, aussi en choisit-elle un autre, neuf, avec air conditionné. Comme elle ne connaissait pas d'autre hôtel que le sien, elle demanda au chauffeur de la conduire au nouveau Carlton, un précipice de verre mordoré qu'elle avait vu grandir entre des taillis de fer lors de ses trois voyages précédents. On ne put lui trouver une chambre dans ses moyens en plein mois d'août, mais on lui fit une bonne remise pour les suites glacées du dix-huitième étage qui dominaient tout l'horizon caraïbe et la lagune immense jusqu'aux contours de la sierra. Le prix équivalait à un quart de son salaire mensuel de professeur, mais la splendeur, le silence, la température printanière de l'entrée et la sollicitude des employés lui donnèrent le sentiment de sécurité qu'elle estimait se devoir.

Du moment de son arrivée à trois heures et demie de l'après-midi jusqu'à huit heures du soir, quand elle descendit dîner, elle n'eut pas un instant de répit. Les glaïeuls de l'hôtel lui parurent magnifiques mais dix fois trop chers, aussi se contenta-t-elle de ceux de la grande noire des deux fois précédentes, qui se plaisait à dénigrer le nouveau cimetière sur la rive de la lagune, présenté aux touristes comme un jardin de fleurs naturelles avec musique et oiseaux, mais dans lequel on ensevelissait les défunts debout, pour disposer de plus de place.

Elle arriva donc au cimetière de l'île passé cinq heures du soir, avec moins de soleil que les autres années. Certaines tombes ayant été vidées, les deux côtés de l'allée étaient encombrés de déblais de cercueils et d'os noyés dans des amas de chaux vive. Dans la hâte du départ, elle avait oublié les gants de jardin et il lui fallut nettoyer la tombe à mains nues, tout en faisant à sa mère le récit de l'année écoulée. La seule bonne nouvelle concernait son fils, qui en décembre serait soliste au violoncelle de l'orchestre philarmonique pour l'interprétation de *Variations sur un thème rococo* de Tchaïkovski. Elle fit l'impossible pour sauver la réputation de sa fille en omettant de parler de sa vocation religieuse, ce qui pour sa mère n'aurait pu présenter un avantage. Ensuite, elle serra son cœur dans son poing et lui confia tout de sa nuit d'adultère de l'année précédente, dont elle avait réservé le récit pour la seule oreille maternelle, et pour ce moment-là. Puis elle lui raconta comment elle avait compris que cet homme sans nom était aussi sans âme. Sa certitude de recevoir d'elle un signe d'approbation était telle qu'elle se mit aussitôt à en guetter la manifestation. Elle regarda le kapokier dont les fleurs en grappes étaient l'une après l'autre emportées par le vent ; elle regarda le ciel, la mer et l'avion de Miami qui se montrait avec plus d'une heure de retard dans l'azur sans fin.

Revenue à l'hôtel, elle eut honte de l'état de ses vêtements et de ses mèches poussiéreuses. Elle n'était pas allée chez le coiffeur depuis l'année précédente, parce que sa chevelure docile et drue s'était parfaitement adaptée à sa personnalité. Un styliste pédant et onctueux, qui aurait mérité de se prénommer Narciso plutôt que Gastón, la reçut avec toutes sortes de suggestions tentatrices sur les possibilités qu'offraient ses cheveux, et finit pas lui arranger une coiffure de grande dame, ce qu'elle obtenait seule, sans tout ce boniment. Avec des crèmes de soin, une manucure maternelle lui refit les mains, maltraitées par la mauvaise herbe du cimetière, si bien qu'elle se promit de récidiver l'année suivante pour essayer de changer de style. Gastón lui expliqua que la note serait portée sur la facture de l'hôtel, excepté le dix pour cent du pourboire.

« C'est-à-dire ?

— Vingt dollars. »

Elle tressaillit en trouvant dans cette inconcevable coïncidence le signe – ce ne pouvait être que le signe qu'elle attendait de sa mère pour cautériser les plaies de son aventure –, sortit le billet qui avait brûlé pendant un an au fond de son portefeuille comme la flamme inextinguible de l'amant inconnu et, enchantée, le donna au coiffeur.

« Faites-en bon usage, lui dit-elle, toute à son bonheur ; ils sont de chair et de sang. »

D'autres mystères de cet hôtel extravagant ne furent pas aussi faciles à élucider pour Ana Magdalena Bach. Quand elle alluma une cigarette, un système d'alarme déclencha des sonneries et des signaux lumineux, et une voix autoritaire lui dit en trois langues qu'elle était dans une chambre pour non-fumeurs. Ensuite, elle dut demander de l'aide pour découvrir qu'avec la carte qui ouvrait sa porte elle pouvait régler les éclairages, la télévision, l'air conditionné et la musique d'ambiance. On lui montra comment se servir du clavier de la télécommande de la baignoire ronde pour choisir les massages érotiques et réparateurs du jacuzzi. Folle de curiosité, elle ôta ses vêtements encore moites de la sueur due au soleil déclinant du cimetière, mit un bonnet de bain pour protéger sa coiffure et se livra au tourbillon d'écume. Enfin heureuse, elle composa le numéro de chez elle, et cria à son mari toute la vérité :

« Tu ne peux pas savoir à quel point tu me manques. »

Les déchaînements qui suivirent furent si vifs qu'il sentit au téléphone l'excitation du bain.

« Ma garce, fit-il, tu m'en dois une. »

Quand elle descendit dîner, il était huit heures. Pour ne pas avoir à s'habiller, elle avait envisagé de commander un repas au service en chambre, mais le tarif était tel qu'elle décida d'aller manger comme une pauvre à la cafétéria. Le deux-pièces en soie noire, tubulaire et un peu trop long pour la mode, allait bien avec sa coiffure. Elle se sentit un peu désemparée par le décolleté, mais le collier, les pendants d'oreilles et les bagues d'émeraudes fantaisie lui remontèrent le moral et avivèrent l'éclat de ses yeux.

Elle termina son café au lait et le sandwich jambon-fromage de la cafétéria de façon expéditive. Incommodée par les cris des touristes et la musique stridente, elle décida de remonter dans sa chambre pour lire *Le Jour des Triffides* de John Wyndham, qui l'attendait depuis plus de trois mois. Le havre de paix du vestibule la réconforta et, en passant devant le cabaret, son attention fut attirée par un couple de professionnels qui dansait la *Valse de l'Empereur* avec une technique parfaite. Absorbée, elle demeura dans l'encadrement de la porte même quand le numéro de ces vedettes eut pris fin et que la piste fut envahie par la clientèle ordinaire. Tout près, derrière elle, une voix douce et virile la tira de sa rêverie.

« Nous dansons ? »

La voix était si proche qu'Ana Magdalena perçut l'odeur ténue de sa peur sous celle de la lotion d'après-rasage. Alors, elle le regarda par-dessus son épaule et eut le souffle coupé.

« Vous me pardonnerez, dit-elle, interloquée, mais je ne suis pas habillée pour danser. »

La repartie vint sans tarder :

« Vous avez pourtant mis la tenue adéquate, madame. »

La phrase l'impressionna. D'un geste inconscient, les paumes de ses mains allèrent palper le décolleté échancré, les seins fringants, les bras nus, pour s'assurer que son corps était bien là où elle le sentait. Alors, elle le regarda de nouveau par-dessus son épaule, non pour découvrir qui était le maître de cette voix, mais pour le harponner d'un regard des plus beaux yeux qu'il verrait jamais.

« Vous êtes très gentil, lui dit-elle, charmeuse. Il n'y a plus d'hommes pour s'exprimer ainsi. »

Il vint alors se mettre à côté d'elle pour réitérer en silence son invitation à danser en lui tendant une main languide. Ana Magdalena Bach, seule et libre dans son île, s'agrippa à cette main de toutes ses forces comme si elle se trouvait au bord d'un précipice. Ils dansèrent trois valses de la vieille école. Dès les premiers pas, déconcertée par le cynisme avec lequel il la guidait, elle supposa qu'il devait lui aussi être un professionnel engagé pour animer les nuits des touristes, et se laissa porter en envols circulaires, mais en le tenant à distance d'un bras ferme.

Il lui dit, en la regardant dans les yeux :

« Vous dansez comme une artiste. »

Elle savait que c'était vrai, mais elle savait aussi, à ce moment-là, qu'il se serait empressé de le dire de cette façon ou d'une autre à toute femme avec laquelle il aurait désiré coucher. Pendant la deuxième valse, il essaya de la serrer contre lui, mais elle le maintint à sa place. Ce qu'il interpréta correctement, et il soigna son art, la guidant par la taille du bout des doigts, comme une fleur. Elle lui rendit la pareille, d'égal à égal. Au milieu de la troisième valse, elle le connaissait aussi bien que s'ils s'étaient fréquentés depuis toujours.

Jamais elle n'aurait imaginé un aussi bel homme dans une enveloppe aussi vieillotte. Il avait la peau livide, les yeux ardents sous d'épais sourcils, des cheveux de pur noir de jais plaqués par la gomina, avec une raie médiane parfaite. Le smoking tropical de soie grège ajusté à ses hanches étroites complétait son apparence de dandy. Tout en lui était aussi postiche que ses manières, mais ses yeux fiévreux semblaient avides de compassion.

À la fin du tour de valse, il la conduisit à une table à l'écart sans consultation ni agrément préalables. Ce n'était pas nécessaire : elle savait tout d'avance et se réjouit quand il commanda du champagne. Le salon dans la pénombre était d'une agréable opulence, chaque table y avait son cadre intime particulier. Ils se détendirent pendant le tour de salsa en regardant les couples se déchaîner. Ana Magdalena savait qu'il n'avait qu'un mot à dire. Tout alla très vite. Ils burent la moitié de la bouteille. Les salsas s'arrêtèrent à onze heures, la fanfare annonça la présentation exceptionnelle d'Elena Burke, la reine du boléro, un récital exclusif, pour une soirée seulement, dans sa tournée triomphale caribéenne. Et ce fut ainsi qu'elle apparut, éblouie par l'éclat des projecteurs, dans un tonnerre d'applaudissements.

Ana Magdalena calcula qu'il ne devait pas avoir plus de trente ans, parce que c'était à peine s'il connaissait les pas du boléro. Elle le guida avec un tact serein, il la suivit. Si elle le tint à distance, ce ne fut pas cette fois pour la frime mais pour ne pas lui donner le plaisir de lui laisser percevoir en elle l'exaltation du sang enfiévré par le champagne. Il la força cependant à se rapprocher de lui, tout d'abord en douceur, puis de toute la vigueur du bras qui la tenait par la taille. Alors, elle sentit sur sa cuisse ce qu'il avait voulu lui faire sentir pour marquer son territoire ; elle sentit ses jarrets fléchir et se maudit pour les fougues de ses artères à fleur de peau et l'extrême ardeur de son souffle. Elle put toutefois se dominer et s'opposa à une seconde bouteille de champagne. Il dut en tenir compte, parce qu'il l'invita à aller faire quelques pas sur la plage. Elle dissimula son désagrément sous une frivolité miséricordieuse.

« Savez-vous l'âge que j'ai ?

— Je ne peux m'imaginer que vous ayez un âge, dit-il, sinon celui que vous voulez. »

Il n'avait pas fini de parler quand, lassée de tant de mensonge, elle imposa à ses sens le choix crucial : maintenant ou jamais.

« Désolée, fit-elle en se levant, il faut que je m'en aille. »

Il sursauta, confondu.

« Que se passe-t-il ?

— Il faut que je m'en aille, répéta-t-elle. Le champagne n'est pas mon fort. »

Il proposa d'autres distractions innocentes, peut-être sans savoir que quand une femme s'en va, il n'est pouvoir humain ou divin capable de la retenir. Il finit par capituler.

« Me permettrez-vous de vous raccompagner ?

— Ne vous dérangez pas, dit-elle. Et merci, vraiment, c'était une nuit inoubliable. »

Dans l'ascenseur, déjà repentante, elle ressentait une haine féroce contre elle-même. Que compensait tout de même le plaisir d'avoir fait ce qu'il fallait. Elle entra dans la chambre, enleva ses chaussures, se jeta à la renverse sur le lit et alluma une cigarette. Les alarmes incendie se déclenchèrent. Presque en même temps on frappa à la porte, et elle envoya au diable cet hôtel où la loi poursuivait les hôtes jusque dans l'intimité des toilettes. Mais ce n'était pas un représentant de la loi qui frappait, c'était lui. Dans la pénombre du corridor, on aurait dit une figure de musée de cire. Elle le confronta, une main sur le bouton de la porte, sans une once d'indulgence, et lui livra enfin passage. Il entra comme chez lui.

« Offrez-moi un verre, dit-il.

— Vous allez devoir vous servir vous-même, répondit-elle tout à fait tranquillement. Je n'ai pas la moindre idée de la manière dont fonctionne ce vaisseau spatial. »

Lui, en revanche, en savait tout. Il atténua l'éclairage, mit un fond de musique, prit dans le minibar une bouteille de champagne et servit deux coupes avec la maestria d'un metteur en scène. Elle se prêta au jeu, qui n'était le sien, mais celui du personnage qu'elle interprétait. Ils trinquaient quand le téléphone sonna. Elle répondit. Un employé de la sécurité de l'hôtel la prévint avec beaucoup d'amabilité que personne ne pouvait rester dans une suite après minuit sans avoir été enregistré à la réception.

« Je suis assez grande pour le savoir, tout de même, l'interrompit-elle, outrée.

— Pardonnez-moi. »

Elle raccrocha, cramoisie. Comme s'il avait entendu l'observation de l'employé, il la justifia avec la première explication venue : « Ce sont des mormons. » Puis, sans plus de détours, il l'invita à aller contempler de la plage l'éclipse complète de lune qui devait avoir lieu dans une heure et quart. Elle n'en avait rien su.

Les éclipses lui inspiraient une curiosité enfantine, mais après s'être débattue toute la soirée entre convenances et tentation, elle ne trouva aucun argument valable pour se décider.

« Nous n'avons pas d'échappatoire, dit-il. C'est notre destinée. »

L'évocation du surnaturel la dispensa de scrupules. Ce fut ainsi qu'à bord de la somptueuse berline qu'il conduisait, ils se rendirent pour voir l'éclipse dans une petite baie nichée en bordure d'une cocoteraie sans trace de touristes. À l'horizon resplendissait la ville sous un ciel diaphane plein d'étoiles et une lune mélancolique. Il se gara à l'abri des palmes, ôta ses chaussures, déboucla sa ceinture et abattit son siège pour se prélasser. Elle s'aperçut à ce moment-là que la berline n'avait que deux places à l'avant, convertibles en couchettes par une pression sur un bouton. L'arrière comptait un petit bar, une chaîne stéréo ornée du saxo de Fausto Papetti et un minuscule cabinet de toilette avec un bidet portatif derrière un rideau cramoisi. Elle comprit tout.

« Il n'y aura pas d'éclipse », dit-elle.

Il l'assura qu'elle avait bien été annoncée.

« Il n'y en aura pas, insista-t-elle. Les éclipses de lune ne se produisent que quand l'astre est dans son plein, et nous n'en sommes qu'au premier quartier. »

Il resta imperturbable.

« Alors, il doit s'agir d'une éclipse de soleil, fit-il. Ce qui nous laisse plus de temps. »

Il n'y eut pas d'autres formalités. Tous les deux savaient où ils allaient, et c'était pour elle la seule chose claire qu'elle pouvait attendre de lui depuis qu'ils avaient dansé le premier boléro. Elle fut stupéfaite par la maîtrise de magicien de salon avec laquelle il la dénuda du bout des doigts, pièce de vêtement après pièce de vêtement, comme s'il pelait un oignon. Au premier assaut, elle crut mourir de douleur et d'une commotion atroce de génisse écartelée. Elle en resta souffle coupé, couverte d'une sueur glacée, mais en appela à ses instincts primaires pour ne pas se sentir amoindrie ni porter à croire qu'elle demeurait en reste avec lui et ils se livrèrent ensemble au plaisir inconcevable de la force bestiale subjuguée par la douceur. Pas un instant elle ne s'inquiéta de savoir qui il était, ni ne le voulut, jusqu'à ce que, environ trois ans après cette nuit brutale, elle reconnaisse à la télévision son portrait, qui le présentait comme le vampire funeste recherché par toutes les polices de la Caraïbe pour proxénétisme, escroquerie de veuves inassouvies et suspicion d'assassinat de deux d'entre elles.

# 4.

Ana Magdalena Bach rencontra son homme de l'année suivante sur le bac qui la conduisait à l'île. La pluie menaçait, la mer avait tout de celles du mois d'octobre et l'on ne pouvait tenir à découvert sur le pont. Un groupe de musiciens caribéens se mit à jouer aussitôt que le transbordeur leva l'ancre, et un cercle de touristes allemandes dansa sans relâche jusqu'à l'arrivée dans l'île. Elle chercha un coin tranquille dans la salle à manger, déserte à onze heures, pour se plonger dans la lecture des *Chroniques martiennes* de Ray Bradbury. Elle y était à peu près parvenue quand un cri l'interrompit :

« C'est mon jour de chance ! »

Maître Aquiles Coronado, avocat de grand renom, un de ses amis depuis leurs années de scolarité et parrain de sa fille, s'approchait par la coursive bras ouverts de sa démarche pénible de grand primate. Il la souleva par la taille et la suffoqua de baisers. Sa sympathie un peu intempestive éveillait plus de soupçons qu'il n'en méritait, mais elle savait que son alacrité était sincère. Elle y répondit avec le même entrain et l'invita à prendre place à côté d'elle.

« Ce n'est pas croyable ! s'exclama-t-il. On ne se voit plus que pour les mariages et les enterrements. »

En réalité, ils ne s'étaient plus vus depuis trois ans, et elle fut horrifiée à l'idée qu'il pût la considérer avec un effarement égal à celui qu'il lui inspirait. Il conservait sa fougue de gladiateur, mais avait la peau rocailleuse, un double menton baroque et quelques rares cheveux jaunâtres hérissés par la brise de mer. Quand ils s'étaient connus au lycée, il était déjà spécialiste en amours faciles dont les audaces n'allaient alors pas plus loin qu'un ciné furtif à six heures du soir. Il n'en avait pas moins fait un riche mariage qui lui apporta un plus grand prestige et plus d'argent que toute une vie de Code civil.

Son unique échec, il l'avait essuyé avec Ana Magdalena Bach, qui lui barra le passage dès sa première tentative, à quinze ans. Une fois tous deux mariés et parents, il reprit son offensive balourde et plutôt obscène pour coucher avec elle sans alibis sentimentaux. Elle le soumit à la méthode mortelle qui consista à ne pas le prendre au sérieux, mais il endurcit la sienne au point d'emplir sa maison de fleurs et de lui envoyer deux lettres ardentes qui réussirent à l'émouvoir. Il n'empêche qu'elle campa sur ses positions pour ne pas gâter la belle amitié de toute une vie.

Lorsqu'ils se retrouvèrent à bord, il fut irréprochable, et nul ne l'était comme lui quand il le voulait. Ils se quittèrent sur le quai, parce qu'il avait tout juste le temps de faire ce qu'il devait avant de repartir par le bac en début de soirée. Elle poussa un soupir de soulagement. Heure après heure, elle avait rêvé à ce nouveau 16 août, et la leçon ne laissait place à aucun doute : il était absurde d'attendre une année entière pour soumettre au hasard d'une nuit le restant de ses jours. Elle se fit à l'idée que sa première aventure s'était présentée, à portée de main, comme un hasard heureux grâce auquel le choix lui était revenu, alors que lors de la seconde, elle avait été choisie. La première s'était mal terminée à cause du goût amer des vingt dollars, mais l'homme valait la nuit. Quant à la seconde, cette déflagration de plaisir surnaturel, elle lui avait laissé dans le ventre une traînée de feu accompagnée de trois jours de compresses et de bains de siège.

Pour la nuit, l'Hotel del Senador restait le meilleur, le plus commode et comme fait pour elle, mais présentait un inconvénient : elle pouvait y être reconnue. Celui de la seconde année était d'une modernité répressive qui poussait jusqu'au moralisme médiéval. Mais, après tout, commettre l'erreur de porter une tenue de soirée dans un établissement si prétentieux présentait un seul risque : que l'amant d'un soir ne lui laisse pas un billet de vingt, mais de cent dollars. Elle décida donc, pour cette troisième fois, d'être elle-même, de s'habiller à sa guise et de se réserver la liberté de choisir pour son seul plaisir au lieu de tout abandonner au hasard. Elle se remémora le premier homme avec une certaine indulgence pour son manque de tact, sentit que les blessures commençaient à cicatriser et désira du fond de ses tripes le retrouver et coucher avec lui, cette fois sans peur ni hâte, dans la confiance créative de deux vieux amants.

Sur le conseil d'un nouveau chauffeur de taxi, elle choisit un hôtel de pavillons rustiques dans un bois de badamiers, avec dans le patio une grande piste de danse entourée de tables de restaurant et une annonce tapageuse de la présentation exceptionnelle de Celia Cruz, la grande chanteuse cubaine. La maisonnette qu'on lui attribua lui parut intime et fraîche, le lit confortable était assez large pour trois personnes, et son emplacement entre les arbres n'aurait pu être meilleur. Le battement d'ailes de papillons dans sa poitrine devint insupportable à la seule idée d'y être en compagnie d'un homme, de l'homme de sa vie, jusqu'au matin.

Il bruinait encore dans le cimetière. Elle remarqua que l'on avait débroussaillé les tombes, aplani les allées et enlevé les restes de cercueils et d'ossements sans maîtres. Elle fit à sa mère le récit minutieux de l'année de son mari au conservatoire, qui avait été bonne malgré la pénurie financière de la mairie, puis elle passa aux progrès de son fils dans l'orchestre, et enfin à l'échec de ses efforts pour empêcher sa fille de rentrer au couvent.

De retour à l'hôtel, elle vit dans une boutique pour touristes un très beau huipil d'Oaxaca qui lui parut tout à fait approprié pour la nuit à venir. Elle se sentait maîtresse absolue d'elle-même.

Un peu plus tard, elle lut – sans être très impressionnée – la troisième nouvelle des *Chroniques martiennes*, puis appela son mari et ils s'amusèrent à échanger au téléphone de drôles de mots d'amour. Elle prit une douche, se vit dans le miroir aussi belle et libre que la reine aztèque pour laquelle le huipil avait été brodé – les chaussures vernies mises à part. Ce soir, avec cette tenue, le mieux serait encore d'aller pieds nus, se dit-elle, mais elle n'osa pas le faire. Elle se dirigea donc vers la piste de danse avec cette frustration passagère, mais aussi la certitude de prendre le pas sur le hasard.

Parés de guirlandes lumineuses de couleur, les badamiers semblaient fêter Noël, et le patio était joyeux, avec ses jeunes gens de tout poil, ses blondes en compagnie de leurs amants noirs de circonstance, et ses vieux couples résignés. Elle s'assit à une table en retrait, toutes antennes en alerte, quand quelqu'un, derrière elle, lui couvrit les yeux de ses mains – qu'elle palpa de bon cœur, reconnaissant au toucher la montre massive au poignet gauche et l'alliance à l'annulaire, mais sans aventurer le moindre nom.

« Je donne ma langue au chat », dit-elle.

C'était Aquiles Coronado. Forcé de remettre son retour au lendemain, il n'avait pas jugé convenable que chacun fît table à part alors qu'ils étaient tous les deux seuls dans l'île. Comme il ne savait pas dans quel hôtel la trouver, il avait appelé Doménico, qui le lui avait indiqué en se déclarant enchanté qu'ils dînent ensemble.

« Je n'ai pas eu une minute de répit depuis que nous nous sommes quittés, mais me voici, conclut-il, heureux, et la nuit nous appartient. »

Elle sentit le monde se dérober sous ses pieds, mais garda son calme.

« Tu as été irréprochable à bord du bac, lui dit-elle avec une amabilité mesurée. On voit que l'âge t'a rendu plus pondéré.

— C'est vrai, fit-il. Mais ne va pas croire que je m'en réjouis. »

Elle refusa le champagne en disant que le déjeuner à bord lui valait une migraine et une vague nausée. Il commanda un double whisky sur glace. Elle se contenta d'une aspirine qu'elle avala comme si c'était du poison.

Le programme commença par un trio spécialisé dans les chansons de Los Panchos. Nul ne lui prêta attention, et Aquiles Coronado encore moins que tout autre. Il se soulagea d'une passion qui avait grandi en lui depuis leur adolescence et n'était tempérée que quand il pensait à Ana Magdalena pendant qu'il faisait l'amour avec sa femme dans l'obscurité. Là-dessus, elle commença à gagner du temps pour le faire boire. Elle savait qu'il ne tenait pas bien l'alcool, qu'un whisky après l'autre allait infailliblement le conduire au précipice, aussi le laissa-t-elle s'y jeter seul. Lui, de son côté, savait que jamais elle ne lui ferait la charité de le satisfaire, mais il la suppliait tout de même de lui accorder une minute au lit, rien qu'une minute, pour qu'il la possède tout habillée. Ne sachant plus vraiment quel argument lui opposer, elle dit :

« Entre parrains, c'est un péché mortel.

— Je suis sérieux, bordel ! » s'écria-t-il, blessé par la dérision, et il donna du poing sur la table.

Elle se risqua alors à le regarder dans les yeux et y trouva la confirmation de ce qu'elle avait perçu dans sa voix : il en était aux chaudes larmes. Alors, elle se leva de table sans un mot, regagna son pavillon et se jeta sur le lit pour y pleurer de rage.

Quand Ana Magdalena eut recouvré ses esprits, il était plus de minuit. Elle avait mal à la tête, mais ce qui la faisait le plus souffrir, c'était d'avoir laissé sa nuit lui échapper. Toute disposée à la rattraper, elle remit un peu d'ordre dans sa toilette et descendit. Juchée sur un tabouret du bar face au jardin que les touristes matinaux avaient abandonné, elle commanda un gin avec glace et eau gazeuse. Arriva un hermaphrodite aux muscles plus vrais que nature avec chaînes et bracelets d'or, cheveux dorés et peau rougie par les crèmes solaires. Il commanda au comptoir une boisson phosphorescente. Ana Magdalena se demanda si elle allait être capable de faire des avances au barman, qui était jeune et bien fait, et se répondit que non. Elle en vint même à se demander si elle oserait aller jusqu'à la route pour y arrêter les automobiles jusqu'à trouver quelqu'un qui lui ferait la faveur de sa nuit d'août, et la réponse fut la même : non. Une nuit perdue, c'était une année perdue, mais il était trois heures du matin, et elle n'y pouvait plus rien. C'était fichu.

Au cours de ces trois dernières années, les relations avec son mari avaient connu des variations notables, qu'elle interprétait selon l'état d'âme qui était le sien à son retour de l'île. L'homme aux vingt dollars, dont le souvenir la rendait amère, lui avait ouvert les yeux sur la réalité de son mariage, jusqu'alors soutenu par un bonheur de convention qui esquivait les divergences pour ne pas trébucher contre elles, comme on cache la poussière sous le tapis. Ils n'avaient jamais été plus heureux qu'à cette époque-là. Ils se comprenaient sans discussions, riaient aux éclats de leurs bêtises en se livrant à des jeux amoureux d'adolescents écervelés.

Le destin de Micaela fut facilement réglé, sans heurt. Ils lui dirent adieu lors d'une soirée en famille à laquelle furent conviés le musicien de jazz et sa nouvelle compagne. L'instrumentiste et Doménico improvisèrent au piano et au saxophone une relecture très personnelle des *Contrastes* de Béla Bartók, et tous, dès le premier regard, devinrent des amis de longue date.

Ana Magdalena et son époux remirent leur fille au couvent des Carmélites déchaussées pendant la messe du temps ordinaire. Ils s'étaient vêtus comme pour un enterrement, mais Micaela arriva avec une heure de retard et sans avoir dormi, avec le huipil de sa mère, ses éternelles tennis, un sac avec ses affaires de toilette et l'album de Van Morrison qu'ils lui avaient offert au dernier moment. Un prêtre quasi adolescent à la peau bilieuse et avec un bras dans le plâtre lui dédia une homélie festive comme ultime opportunité de se repentir si elle n'était pas sûre de sa vocation. Ana Magdalena aurait bien voulu présenter à sa fille le tribut d'une larme d'adieu, mais elle en fut incapable dans une atmosphère si conventionnelle.

Leur vie n'était plus la même depuis le troisième voyage. En rentrant chez elle, Ana Magdalena avait eu l'impression que son mari commençait à se poser des questions sur les nuits qu'elle passait dans l'île. Pour la première fois, il chercha à savoir qui elle avait vu. Elle aurait pu lui raconter tout l'incident avec Aquiles Coronado, mais comme Doménico connaissait déjà les tentatives séniles de leur ami avocat, elle préféra s'arrêter à temps pour ne pas lui donner de quoi s'interroger plus avant sur ces nuits.

Leur amour était devenu différent. De provocateur et espiègle comme il l'avait toujours été au lit, Doménico était devenu difficile et perturbé. Ce qu'elle n'attribua pas à l'âge mais à quelque soupçon que son mari pouvait nourrir sur les nuits qu'elle passait dans l'île. Une réflexion plus poussée retourna pourtant la situation et ce fut alors elle qui se prit à penser que son mari était rongé par quelque secret extraconjugal.

Bien avant leur mariage, on l'avait mise en garde contre la façon d'être de son fiancé. En premier lieu contre son pouvoir de séduction et sa galanterie dévastatrice, en particulier avec les jeunes filles auxquelles il enseignait la musique. Mais elle n'avait pas prêté l'oreille aux rumeurs ni ne s'était laissé gagner par la suspicion. Toutefois, quand ils abordèrent les relations patrimoniales du contrat de mariage, elle ne put résister à la tentation de l'interroger à ce sujet, et il nia tout. En manière de plaisanterie, il lui dit qu'il était vierge, mais ce fut si bien dit qu'elle l'épousa avec l'illusion que c'était vrai. Plus rien ne vint la perturber jusqu'à l'approche de la naissance de sa fille, quand une amie de terminale qu'elle n'avait plus vue depuis des années lui demanda dans un bain public comment elle s'y était prise pour pousser son mari à rompre avec celle qu'il fréquentait du temps de son adolescence. Ana Magdalena lui coupa sèchement la parole, ne se contenta pas de ne plus jamais la revoir, mais tint par la même occasion ses meilleures amies à une distance plus grande que jamais.

À cette époque-là, les raisons qu'elle avait de faire confiance à son mari lui semblaient concluantes. Bien qu'il ne manquât qu'un peu moins de deux mois avant l'accouchement, ils n'avaient tempéré ni les fréquences ni les ardeurs de leurs amours. D'un point de vue biologique, il était impossible qu'après avoir comblé la salacité qu'avivait en elle la gestation, il restât à Doménico assez de combustible pour un autre lit. Cependant, comme la rumeur persistait, elle le mit au pied du mur en lui lançant une formule assassine :

« Quoi que j'apprenne sur toi, tu en es responsable. »

Il n'y eut pas d'autres incidents avant son retour du troisième voyage, quand elle apaisa les brûlures de sa conscience en y appliquant le soupçon qu'il la trompait. Les indices étaient lourds. Doménico se faisait attendre bien longtemps après l'heure de fermeture du conservatoire et, revenu à la maison, avant même d'avoir salué qui que ce fût, allait droit à la salle de bain couvrir toute odeur étrangère avec ses lotions familières, puis il avançait des explications trop précises sur l'endroit où il était allé, ce qu'il y avait fait et avec qui, sans que nul ne lui eût rien demandé. Une nuit, après une soirée de gala au cours de laquelle Doménico avait remporté un succès insolite, elle décida de le défier. Il était en train de lire au lit la partition de *Così fan tutte*. De son côté, elle venait de terminer la lecture du *Ministère de la peur*, commencé dans l'île, quand elle éteignit sa lampe de chevet et se tourna du côté du mur sans un mot. Lui, amusé, lui dit : « Bonne nuit, madame. »

Elle s'aperçut qu'elle venait de manquer au rite quotidien et s'empressa de réparer son erreur : « Oh, pardon, mon amour », fit-elle, en lui donnant le baiser rituel du coucher.

Il fredonnait pour ne pas l'empêcher de s'endormir. Tout à coup, lui tournant toujours le dos, elle lança :

« Pour une fois dans ta vie, Doménico, dis-moi la vérité. »

Il savait que son nom de baptême dans la bouche de son épouse annonçait la tempête, et il l'aiguillonna avec sa sérénité habituelle :

« Que veux-tu dire ? »

Elle ne demeura pas en reste.

« Combien de fois m'as-tu été infidèle ?

— Infidèle ? Jamais, dit-il. Mais en supposant que tu cherches à savoir si j'ai couché avec quelqu'un, je te rappelle qu'il y a des années tu m'as averti que tu ne voulais pas en entendre parler. »

Et ce n'était pas tout : quand ils s'étaient mariés, elle lui avait dit qu'il pouvait bien coucher avec une autre, à condition que ce ne soit jamais la même, que ce soit seulement une fois. Mais à l'heure de vérité, la main gauche ignora ce qu'avait fait la droite.

« Ce sont des choses qu'on lance comme ça, se défendit-elle, pas pour qu'on les prenne à ce point au pied de la lettre.

— Si je te dis que non, tu ne vas pas me croire, et si je te dis que oui, tu ne vas pas pouvoir le supporter, argua-t-il. Alors, comment fait-on ? »

Sachant qu'un homme ne retournerait pas un argument de cette manière pour s'innocenter, elle passa outre :

« Et qui était l'heureuse élue ?

— Une New-Yorkaise. »

Elle commença à élever la voix.

« Mais qui était-ce ?

— Une Chinoise », dit-il.

Elle sentit son cœur se serrer comme un poing et se repentit de s'être infligé cette douleur inutile, ce qui ne l'empêcha pas de s'entêter à exiger de tout savoir. Pour lui, en revanche, le pire était passé et il lui livra le tout avec un déplaisir calculé.

Cela s'était produit une douzaine d'années plus tôt, dans un hôtel de New York où il avait passé une fin de semaine avec son orchestre pendant le festival Wagner. La Chinoise, premier violon de l'Orchestre de Pékin, était logée au même étage qu'eux. Quand il termina son récit, Ana Magdalena se sentit écorchée vive. Elle désirait les tuer l'un et l'autre, non pas d'un coup de revolver indulgent, mais en les découpant peu à peu en tranches translucides comme celles que font les machines à débiter le jambon. Pourtant, elle n'en laissa pas moins un répit à la blessure en l'interrogeant sur un point qui l'intriguait :

« Tu l'as payée ? »

Il répondit que non, parce que ce n'était pas une prostituée. Mais elle n'en démordit pas.

« Si c'en avait été une, combien lui aurais-tu donné ? »

Il considéra sérieusement la question et ne sut quoi répondre.

« Ne fais pas l'imbécile, dit-elle alors d'une voix rauque de rage. Tu veux me faire croire qu'un homme ne sait pas ce que coûte une pute d'hôtel ? »

Il se montra sincère :

« Eh bien, figure-toi que je ne sais pas, dit-il, et encore moins si c'est une Chinoise. »

Elle se mit alors à le circonvenir avec une angoisse insupportable.

« Voyons : si elle avait été aimable et charmante avec toi, et si tu avais voulu lui laisser un bon souvenir, combien aurais-tu glissé dans un livre ?

— Un livre ? fit-il, interloqué. Les putes ne lisent pas.

— Concède-moi quelque chose, merde, s'exaspéra-t-elle en s'efforçant de ne pas s'égarer dans ses explications. Combien lui aurais-tu donné si tu avais cru que c'était une pute et que tu ne voulais pas la réveiller avant de partir ?

— Je n'en ai pas la moindre idée.

— Vingt dollars ? »

Il se sentit perdu dans les ténèbres de la question.

« Je ne sais pas, dit-il. Peut-être, vu le coût de la vie il y a une douzaine d'années, aurait-ce été suffisant. »

Elle ferma les yeux pour mieux contrôler son souffle afin de ne pas lui donner la satisfaction de remarquer sa rage, et lui demanda à l'improviste :

« Tu l'avais bien raide ? »

Il éclata d'un rire incontrôlable, et elle en fit autant. Mais elle se contint aussitôt et dut serrer les paupières pour réprimer les larmes.

« Je ris, dit-elle, main sur le cœur, mais je te souhaite de ne jamais sentir ce que j'ai là, en moi. C'est la mort. »

Il essaya de conjurer ce mauvais moment d'une petite solfiation improvisée. Elle s'efforça de trouver le sommeil, mais n'en fut pas capable et finit par se délester d'une voix forte, pour qu'il l'entende, tout endormi qu'il pût être.

« Quel fichu bordel, s'exclama-t-elle. Tous les hommes sont pareils : de sacrés salauds. »

Doménico dut ravaler sa rage. Il aurait donné n'importe quoi pour l'anéantir d'une réplique sans concession, mais la vie lui avait appris que quand une femme a dit son dernier mot, tous les autres sont de trop. Ce fut ainsi qu'ils ne revinrent plus sur la question, ni ce soir-là ni jamais.

## 5.

La nuit du 16 août suivant était déjà tracée par son destin. Elle trouva l'île bouleversée par une convention internationale du tourisme, sans une chambre libre dans les hôtels, et les plages occupées par des tentes de camping et des dortoirs en continu. Après avoir cherché pendant deux heures un endroit quelconque où passer la nuit, elle se rendit à son Hotel del Senador, oublié, rénové, proche et plus cher, mais sans plus aucun des employés de ses premiers temps.

Il n'y eut personne à qui recourir pour trouver une chambre. De surcroît, un client d'apparence respectable protestait, indigné, parce que sa réservation deux fois confirmée ne figurait pas dans la liste. Il avait la modération d'un doyen magnifique, une douce voix posée et, comme elle n'allait pas tarder à le découvrir, un talent stupéfiant pour les inconvenances galantes. L'unique employé de la réception essayait de lui obtenir au téléphone une chambre dans un autre hôtel.

Désireux de faire part de son courroux à quelqu'un, l'inconnu s'adressa à Ana Magdalena :

« Cette île est un chaos », lui dit-il en lui montrant le bulletin qui confirmait sa réservation. Elle ne put le lire sans ses lunettes, mais comprit son indignation. Là-dessus, l'employé, triomphant, les interrompit pour leur dire qu'il y avait une chambre disponible dans un hôtel deux étoiles, mais propre et bien situé. Ana Magdalena s'empressa de demander :

« N'y en aurait-il pas une autre pour moi ? »

L'employé se renseigna, et il n'y en avait pas. Alors, l'homme prit sa valise de la main gauche et de la droite saisit Ana Magdalena par le bras avec une familiarité inusitée qu'elle trouva un peu abusive.

« Venez avec moi, lui dit-il, nous verrons bien, une fois là-bas. »

Il se mit au volant d'une voiture neuve et ils partirent. Tandis qu'ils longeaient la lagune, il dit qu'il aimait beaucoup l'Hotel del Senador.

« Moi aussi, d'ailleurs grâce à la lagune, renchérit-elle. Et je vois qu'on l'a maintenant rénové.

— Oui, il y a deux ans », précisa-t-il.

Elle se rendit compte qu'il était un visiteur assidu de l'île, et lui raconta qu'elle aussi y venait depuis des années, pour déposer une gerbe de glaïeuls sur la tombe de sa mère.

« Des glaïeuls ? demanda-t-il, surpris. Je ne savais pas qu'il y en avait dans l'île. Je croyais qu'on n'en trouve qu'en Hollande.

— Vous voulez parler des tulipes », le reprit-elle.

Elle lui expliqua que les glaïeuls ne sont pas des fleurs courantes, mais que quelqu'un les avait introduits dans l'île, où ils s'étaient taillé une réputation bien méritée sur le littoral et dans certains villages de l'intérieur. Ils étaient pour elle si importants, ajouta-t-elle, que le jour où ils viendraient à manquer, elle se débrouillerait pour trouver quelqu'un qui les cultiverait.

Il commençait à bruiner, mais elle avait l'impression que ça n'allait pas durer. Lui croyait le contraire, parce que le temps, au mois d'août, lui avait toujours semblé très incertain. Il l'examina de pied en cap, dans la robe simple avec laquelle elle avait pris le bac, et estima qu'elle allait devoir se changer pour aller au cimetière. Elle le rassura : c'était ce qu'elle faisait d'habitude.

Pour arriver à l'hôtel, ils durent suivre le bord de la lagune jusqu'à l'endroit où commençait le quartier pauvre, dont l'apparence déplorable laissait penser que c'était sans doute un endroit mal famé à propos duquel il valait mieux ne pas se poser de question.

Quand on lui donna la clef, l'homme expliqua qu'il était question de deux chambres.

« Pardon, dit le portier déconcerté. Vous n'êtes pas ensemble ?

— C'est mon épouse, dit l'homme avec sa grâce naturelle, mais nous avons la coutume hygiénique de faire chambre à part. »

Elle abonda dans son sens :

« Et plus loin nous sommes l'un de l'autre, mieux c'est. »

Quand le réceptionniste eut reconnu que le lit de la chambre n'était pas très large et ajouté que l'on pouvait y mettre un lit d'appoint, l'homme finit par perdre pied, mais elle vola à sa rescousse :

« Si vous l'entendiez ronfler, vous ne me le proposeriez même pas », dit-elle à l'employé qui s'excusa, examina les clefs pendues au tableau tandis qu'ils célébraient leur malice, et dit enfin qu'il pouvait faire préparer une autre chambre, mais pas au même étage, et sans vue sur la lagune : l'une au deuxième, l'autre au quatrième. Ils prirent l'ascenseur sans bagagiste, parce que chacun n'avait qu'une petite valise, et elle s'arrêta au troisième étage, très reconnaissante et contente d'avoir rencontré un homme aussi aimable.

La chambre aux prétentions de cabine de croisière était petite, avec toutefois un lit assez grand pour trois, ce qui semblait être le signe distinctif de l'île. Elle ouvrit la fenêtre pour chasser l'air confiné et ce fut seulement à ce moment-là qu'elle sentit à quel point lui manquaient les fleurs de ses mois d'août de liberté et les hérons bleus de la lagune. La pluie fine tombait encore, mais elle comptait profiter d'une éclaircie pour arriver au cimetière avant six heures du soir.

Il en alla ainsi, même si elle passa plus d'une heure à chercher des glaïeuls, qu'elle finit par trouver dans un kiosque près de l'église. Le taxi qui la conduisit au cimetière ne put monter jusqu'en haut de la côte à cause du piètre état de la corniche caillouteuse, et tout ce qu'elle put obtenir du chauffeur fut qu'il attendrait dans un renfoncement qu'elle revienne.

Ana Magdalena prit tout à coup conscience qu'elle allait avoir cinquante ans le 25 novembre prochain, âge qu'elle redoutait entre tous, proche de celui où sa mère était morte. Elle se vit alors telle qu'elle s'était vue seulement quelques aoûts auparavant, alors qu'elle attendait une embellie, et elle pleura comme elle avait pleuré là, chaque fois, depuis le jour où elle avait apporté le premier bouquet de glaïeuls pour fleurir cette même tombe. Mais ses larmes semblèrent apaiser l'humeur hargneuse du ciel, qui s'éclaircit soudain, et elle posa les fleurs sur le marbre jaunâtre.

Revenue à l'hôtel de mauvaise humeur, éclaboussée de boue, elle crut qu'une année encore allait être perdue, parce qu'il ne lui semblait pas possible de trouver un amour d'une nuit par un temps pareil, même en arrêtant les voitures de passage sur une corniche changée par la pluie en un bourbier horrible. C'était toujours pareil. La douche sans pommeau était chétive, et tandis qu'elle se savonnait sous le filet d'eau elle se vit seule, sans homme charitable, et se remit à pleurer. Pourtant, elle ne rendit pas les armes : de toute façon, elle allait sortir voir ce que lui réservait cette nuit des loups. Elle pendit ses vêtements dans l'armoire et posa un livre sur la table de chevet. Il s'agissait du *Journal de l'année de la peste* de Daniel Defoe. Elle s'étendit pour lire en attendant l'heure de descendre au bar. Mais tout semblait truqué pour l'empêcher d'être heureuse. Le filet d'eau malingre de la douche l'avait conduite à se sentir d'autant plus malheureuse, et une rafale de haine contre son mari l'ébranla, si violente et si froide qu'elle en prit peur. Elle s'était résignée au destin sinistre de dormir seule pendant cette chienne de nuit quand le téléphone sonna.

« *Hola*, fit la voix allègre qu'elle reconnut aussitôt. C'est votre ami du quatrième. » Et il ajouta sur un autre ton : « Je m'attendais au moins à une réponse charitable... » Puis, après une longue pause, il demanda : « Vous n'avez pas reçu les fleurs ? »

Elle ne comprit pas. Elle allait lui demander de quoi il était question quand son regard tomba sur un bouquet de splendides glaïeuls posés n'importe comment sur une chaise près de la table de toilette. Il lui expliqua qu'il les avait trouvés par hasard à l'hôtel où il était allé rejoindre ses clients, et que l'idée de les lui envoyer pour qu'elle aille les déposer sur la tombe de sa mère lui était venue spontanément. Ana Magdalena ne pouvait pas deviner qu'on les lui avait apportés dans sa chambre pendant qu'elle était au cimetière, et il n'y avait rien d'étrange à ce qu'ils fussent restés là depuis lors. De but en blanc, il lui demanda comme en passant :

« Où dînez-vous ?

— Je n'y ai pas pensé, répondit-elle.

— Peu importe, je vous attends en bas et on y pensera. »

*Encore une nuit de frustration ?* se demanda-t-elle. *Avec un autre Aquiles ? Non.*

« Quel dommage, dit-elle, j'ai un engagement ce soir.

— Oui, c'est dommage, répondit-il, j'en suis vraiment navré.

— Ce sera pour une autre fois. »

Elle se prépara devant le miroir. Son intention avait été de retourner à l'endroit où elle s'était rendue pour dîner lors de cette horrible soirée en compagnie d'Aquiles Coronado, mais la pluie redoublait et l'on entendait le vent hurler dans la lagune. Soudain, elle s'exclama, pour elle seule : « Nom de Dieu ! Quelle imbécile tu es ! »

Alors, elle courut au téléphone et appela le client de la chambre du quatrième avec une précipitation qui, plus tard, devrait lui faire honte.

« Quelle chance ! lui dit-elle sans préambule, on vient de me libérer à cause de la pluie.

— La chance est pour moi, madame », rétorqua-t-il.

Elle n'hésita pas un instant, et n'eut pas à le regretter : ce fut une nuit inoubliable.

Et beaucoup plus qu'Ana Magdalena Bach n'aurait pu l'imaginer.

Elle avait mis plus de temps que nécessaire à se préparer et l'homme l'attendait comme il se doit à la sortie de l'ascenseur, vêtu d'une chemise légère en soie, d'un pantalon en lin et chaussé de mocassins blancs. Sa première impression qu'il était attirant fut confirmée et même renforcée par un mérite encore plus grand : il se comportait comme s'il ne le savait pas. Il la conduisit dans un restaurant à l'écart des nids du tourisme sous de grands badamiers illuminés, avec un orchestre fait pour le rêve plus que pour la danse. Il y entra en grand seigneur, fut accueilli comme un client de toujours, et se conduisit comme s'il en était un. Ses manières s'étaient affinées avec l'éclat de la nuit. Il se dégageait de tout son être, à travers le parfum frais de l'eau de Cologne, une émanation singulière, et sa conversation était fluide et plaisante, mais elle se sentit un peu perdue, parce qu'il semblait parler moins pour dévoiler que pour occulter.

Elle fut surprise de découvrir qu'il ne s'y connaissait guère en boissons et commanda pour lui, après qu'elle eut choisi son gin habituel, un whisky quelconque, qu'il ne goûta même pas de toute la soirée. Il ne fumait pas non plus, mais avait sur lui une boîte de cigares égyptiens à bague dorée, seulement pour en offrir. Il n'était pas davantage connaisseur de l'art des mets et laissa le serveur décider pour eux. Mais le plus surprenant était encore qu'avec toutes ses limites et maladresses il ne perdait rien de son charme, pas même quand il lança deux ou trois blagues si simples et mal fagotées qu'elle ne put les comprendre et dut s'en égayer par courtoisie.

Quand l'orchestre joua un arrangement d'Aaron Copland sur lequel on pouvait danser, il reconnut qu'il ne prêtait guère attention à la musique parce qu'il n'avait pas d'oreille, mais courut le risque de l'accompagner sur la piste quand elle l'y engagea. S'il ne parvint pas tout de suite à la guider, elle l'aida si bien qu'il put avoir l'impression que tout le mérite lui en revenait. Au dessert, elle était si fort assommée qu'elle maudit sa faiblesse, d'autant plus vivement quand elle vit passer un homme qu'elle aurait choisi sans y regarder de plus près, alors que son amphitryon était tellement décent qu'il ne faisait pas un seul faux pas, sauf quand il dansait. Avec lui, elle se sentait bien et bien traitée, mais engagée dans une nuit sans devenir.

Aussitôt le dessert terminé, il la ramena à l'hôtel en conduisant sans dire un mot, avec des regards absorbés dans la contemplation de la mer étale sous une lune chimérique. Elle se garda de l'en tirer. Il était onze heures dix, et même le bar de leur hôtel devait être fermé. Ce qui l'indignait plus que tout, c'était de n'avoir rien à reprocher à cet homme, dont l'unique faute était de ne pas même s'être donné la peine de la séduire : pas le moindre compliment sur ses yeux de lionne rayonnants, ni sur sa verve bondissante, ni sur sa connaissance de la musique.

Il se gara dans le patio de l'hôtel et l'accompagna jusqu'à l'ascenseur, puis jusqu'à la porte de sa chambre dans un silence absolu. Elle engagea mal la clef, il la lui prit, puis poussa la porte du bout des doigts, entra sans invitation ni permission, comme s'il était chez lui, et se laissa tomber sur le lit avec un profond soupir de contentement :

« C'est la nuit de ma vie ! »

Ana Magdalena en resta pétrifiée, sans plus savoir quoi faire, jusqu'à ce qu'il lui tende la main sans un mot. Elle lui donna la sienne et se coucha à côté de lui, étourdie par le tambourinement de son cœur. Le baiser innocent qu'elle reçut la fit frémir jusqu'à l'âme, il continua de l'embrasser tout en la dévêtant avec une dextérité pleine de magie, et elle finit par se livrer à l'abîme du plaisir.

Quand Ana Magdalena se réveilla dans la pénombre du petit matin, elle avait perdu la notion d'elle-même. Elle ne savait plus où elle était et ne reconnut pas immédiatement l'homme complètement nu qu'elle vit auprès d'elle, endormi sur le dos, mains croisées sur la poitrine, qui respirait comme un enfant dans son berceau. Elle caressa du doigt, en douceur, le grain de la peau affermie par le grand air. Son corps, sans être celui d'un jeune homme, était bien entretenu, et il jouit des caresses sans ouvrir les yeux et avec autant de maîtrise de lui-même qu'il en avait montré au cours de la nuit, jusqu'à ce que l'amour le ranime.

« Maintenant, dis-moi comment tu t'appelles vraiment », demanda-t-il tout à coup.

Elle improvisa sur-le-champ.

« Perpetua.

— C'est une pauvre sainte, qui mourut piétinée par une vache », dit-il aussitôt.

Elle, surprise, lui demanda comment il le savait.

« Je suis évêque », dit-il.

Le souffle violent de la mort la frappa de plein fouet. Aussitôt lui revinrent à l'esprit le déroulement du repas, la conversation délicate de cet homme, ses goûts conventionnels, et elle n'y trouva rien qui lui permît de nourrir le moindre doute sur la véracité de sa réponse. Plus encore : c'était là une confirmation rigoureuse de ce qu'elle avait pensé de lui au cours du dîner. Il perçut sa stupéfaction, ouvrit les yeux et lui demanda, intrigué :

« Tu as quelque chose contre nous ?

— Contre qui ?

— Les évêques. »

Il partit d'un éclat de rire radieux à sa propre blague, mais ne tarda pas à y reconnaître un toupet d'un goût douteux, qui l'amena à la couvrir de longs baisers de contrition. Comme pénitence, peut-être, il lui raconta une autre version de sa vie actuelle. Il avait exercé divers métiers et était sans domicile fixe, mais sa principale occupation consistait à vendre les assurances maritimes d'une entreprise dont le siège était à Curaçao, ce qui l'amenait dans l'île plusieurs fois par an. Sa force de persuasion était telle qu'elle se sentit d'abord reconquise, mais put se convaincre qu'il était maintenant trop tard pour être assouvie trois fois dans la même nuit.

« Je vais rater le bac, dit-elle.

— Peu importe, répondit-il, nous partirons ensemble demain matin. »

Il lui fit miroiter un grand jour et de nombreux autres, par la suite, puisqu'il devait revenir dans l'île au moins deux fois par an, dont une pouvait désormais être toujours en août. Elle l'écoutait, bercée par le désir qu'il en soit ainsi, mais trouva la force de s'empêcher de passer pour une femme aussi facile qu'il pouvait le croire. Reprenant soudain conscience d'être sur le point de manquer le départ du bac, elle se leva d'un bond et le quitta sur un baiser hâtif. Mais il la saisit par le poignet.

« Et alors, lui demanda-t-il, à quand ?

— À plus jamais, dit-elle en concluant avec bonne humeur : C'est la loi du Seigneur. »

Elle courut à la salle de bain et poussa le verrou sans écouter la succession de promesses dont il la harcela tout en se rhabillant. Elle venait à peine de faire couler l'eau de la douche quand il frappa à la porte pour parachever leurs adieux.

« Je t'ai laissé un souvenir dans ton livre », lança-t-il.

Comme frappée par un présage sinistre, elle n'osa ni le remercier ni lui demander ce qu'il lui laissait par peur de la réponse, mais dès qu'elle l'eut entendu sortir, elle courut, nue et couverte de mousse de savon, feuilleter le *Journal de l'année de la peste* sur la table de chevet. Quel soulagement ! C'était une carte de visite avec toutes les coordonnées qui pouvaient permettre de le retrouver. Elle ne la déchira pas, comme elle l'aurait sans doute fait de n'importe quelle autre, mais la laissa où elle était en attendant de pouvoir la mettre en lieu sûr.

# 6.

Ce mercredi était une journée typique des Caraïbes, avec une mer d'huile, une brise ténue et des mouettes filant au ras de l'eau. Ana Magdalena Bach poussa une chaise longue jusqu'à la rambarde du bac et ouvrit le livre de Defoe à la page marquée par la carte de visite, mais elle ne put se concentrer. À ce moment-là, pas plus que peu auparavant dans la chambre d'hôtel, rien n'éveilla son intérêt parmi les informations que portait le bristol sur l'homme de la nuit passée ; ni son nom, ni sa nationalité hollandaise, ni l'adresse à Curaçao et les six numéros de téléphone de l'entreprise de services techniques. Elle le parcourut plusieurs fois des yeux en essayant d'imaginer ce que pouvait être la vie réelle du fantôme de sa nuit de bonheur. Toutefois, depuis sa rencontre avec son premier homme de la nuit d'août, elle avait pris la précaution de ne laisser chez elle aucune trace susceptible d'éveiller quelque doute, aussi déchira-t-elle la carte de visite en menus morceaux qu'elle livra à la brise complice des mouettes.

Ce fut un retour révélateur. Aussitôt entrée sous son toit, à cinq heures du soir, elle découvrit à quel point elle commençait à se sentir étrangère aux siens. Micaela s'était adaptée à la vie du couvent sans aller à l'encontre de sa façon d'être et devenait peu à peu moins assidue à la table familiale. Quant à son fils, c'était à peine s'il en avait le temps, entre ses amours éphémères et ses engagements artistiques à travers le monde. Son mari, à force de se conduire en fanatique de sa profession en même temps qu'en galant impénitent, avait fini par n'être plus qu'un hôte passager de son lit. Pour elle, en revanche, le paradoxe le plus étrange était de constater à quel point elle perdait les illusions que lui donnait l'île en l'absence d'un homme constant parmi ceux, volatils, auxquels elle avait goûté. Sa grande anxiété ne relevait pourtant pas de ses doutes quant à la fidélité de son mari, mais de la peur qu'il devinât ce qu'elle faisait de ses rares nuits dans l'île. Ainsi, elle ne lui parlait guère de ses voyages annuels, pour ne pas lui donner l'idée de l'accompagner, ou ne pas induire une de ces suspicions masculines qui sont les moins probables mais les plus justes.

En dehors de ces voyages, leurs années se déroulaient simplement, ne donnant ni le temps ni l'occasion favorables aux soupçons, et elle tenait avec grande rigueur le compte de ses cycles, pour leurs rapports redevenus routiniers. Ils ne quittaient jamais la ville sans qu'elle eût mis dans son sac les préservatifs destinés aux imprévus. Pourtant, cette fois-là, elle sentit un coup au cœur quand il se présenta avec des démonstrations d'amour tellement effrénées qu'elles ravivèrent brusquement non seulement les possibles soupçons d'infidélité de cette année-là, mais tous ceux laissés en arrière. Elle le surveilla, fouilla ses poches jusqu'à la couture et ne tarda pas à renifler les vêtements qu'il laissait sur le lit.

Toutefois, dès le mois de mai, un rêve roulant sur l'homme de l'année précédente la bouleversa jusqu'au tréfonds de l'âme et l'anxiété commença à l'oppresser. Elle maudit une fois de plus l'heure où elle avait déchiré sa carte de visite et ne se sentit plus capable d'être heureuse sans lui, même si ce n'était que dans l'île. Son trouble était si évident que Doménico lui dit sans détour :

« Toi, tu mijotes quelque chose. »

La terreur d'être découverte ne fit qu'aggraver son insomnie, jusqu'au matin, parce qu'elle ne semblait même pas consciente du changement qui s'était opéré en elle depuis ses premiers voyages. Jamais elle n'avait mesuré le risque d'une rencontre fortuite avec l'un de ceux auxquels elle s'était liée dans l'île avant le malheureux soir où son ami Aquiles Coronado but quelques verres de trop au cours d'un repas de mariage et lança des insinuations ineptes que plus de quatre convives auraient pu déchiffrer sans grand effort. En outre, un midi où elle déjeunait en compagnie de trois amies dans l'un des plus prestigieux restaurants de la ville, elle crut reconnaître l'un des deux hommes attablés à l'écart qui conversaient sans interruption et tout bas. Devant une bouteille de brandy et deux verres à moitié pleins, ils semblaient seuls dans une vie à part. Celui qu'elle voyait de face, vêtu d'un impeccable trois-pièces en lin blanc tout à fait seyant, avait des cheveux gris et une moustache romantique qui finissait en pointes. Dès le premier coup d'œil, elle eut l'impression de le connaître. Mais sans pouvoir, malgré ses efforts, se rappeler ni qui il était ni où elle l'avait déjà vu. Plus d'une fois elle perdit le fil des propos animés de ses amies, jusqu'à ce que l'une d'elles ne puisse résister à la curiosité et lui demande ce qui l'intéressait tant à la table voisine.

« La moustache à la turque, murmura-t-elle. Je ne sais pourquoi il me rappelle quelqu'un. »

Toutes regardèrent l'homme discrètement. « Il n'est pas mal », dit l'une des trois sans grand intérêt, et elles reprirent leur discussion. Mais Ana Magdalena s'en inquiéta au point qu'elle eut de la peine à trouver le sommeil ce soir-là et se réveilla à trois heures du matin le cœur battant. Doménico fut tiré du sommeil, mais elle respirait déjà mieux et lui raconta un faux cauchemar pareil à l'un de ceux, nombreux et d'un réalisme terrifiant, qui la réveillaient en sursaut peu après leur mariage.

Pour la première fois, elle se demanda pourquoi elle n'osait pas faire en ville, où elle disposait de l'année entière et d'opportunités quotidiennes faciles à saisir, ce qu'elle faisait dans l'île. Au moins cinq de ses amies s'adonnaient à des amours furtives qui les assouvissaient en même temps qu'elles préservaient la stabilité de leur union matrimoniale. Toutefois, elle n'imaginait, en ville, aucune situation aussi excitante et propice que celles de l'île, que seul un stratagème posthume de sa mère pouvait expliquer.

Pendant plusieurs semaines, elle ne put résister à la tentation de rechercher l'homme qui la hantait sans répit. Elle retournait au restaurant pendant les heures de plus grande affluence, sans perdre l'occasion d'entraîner avec elle quelques amies fluctuantes, afin d'éviter toute équivoque sur ses vagabondages en solitaire, et elle s'accoutuma à dévisager tous les hommes qu'elle croisait sur son chemin avec l'envie folle ou l'effroi de reconnaître celui qu'elle cherchait. Il ne lui fallut pourtant aucun soutien extérieur pour que l'identité de celui qu'elle cherchait à retrouver surgisse dans sa mémoire comme une explosion aveuglante. C'était bien son premier amant du mois d'août, celui qui lui avait laissé, entre les pages du *Dracula* de Stoker, un ignominieux billet de vingt dollars en paiement de leur nuit d'amour. À ce moment-là seulement elle s'expliqua qu'elle n'avait peut-être pas pu le reconnaître aussitôt à cause de sa moustache de mousquetaire, qu'il ne portait pas dans l'île. Elle devint une cliente assidue du restaurant où elle l'avait revu, toujours munie d'un billet de vingt dollars qu'elle comptait lui jeter à la figure, encore qu'elle fût de moins en moins sûre de ce que devait être son attitude, parce que plus elle souffrait le martyre, moins lui importait le mauvais souvenir attaché à cet homme et à ses infortunes insulaires.

Quand août revint, elle sentit pourtant en elle plus de force qu'il ne lui en fallait pour demeurer fidèle à elle-même. Comme d'habitude, elle eut l'impression que la traversée en bac n'en finissait plus ; même l'île dont elle avait tant rêvé lui parut plus bruyante et plus miséreuse que jamais, et le taxi qui la conduisait au même hôtel que l'année précédente faillit verser dans un ravin. Elle trouva libre la chambre où elle avait été heureuse, et le même réceptionniste se souvint aussitôt du client qui l'accompagnait, dont il ne put néanmoins trouver trace dans les registres. Sans attendre, elle fit le tour des autres endroits où ils étaient allés ensemble et croisa toutes sortes d'hommes seuls et sans but qui auraient suffi à combler sa nuit, mais aucun ne lui parut capable de supplanter celui qu'elle désirait ardemment. Ce fut ainsi qu'elle regagna sa chambre, dont elle ressortit peu après pour se rendre au cimetière, de crainte d'être surprise par la pluie.

Avec une impatience à peine supportable elle refit tout ce qui s'imposait pour venir à bout sans peine de la routine annuelle jusqu'à la rencontre avec sa mère. La fleuriste habituelle, chaque année plus vieille, la prit pour une autre au premier regard et lui tendit un bouquet de glaïeuls splendides comme toujours, mais cette fois avec une grande froideur et en doublant presque le prix.

Arrivée devant la sépulture de sa mère, elle eut un choc en trouvant sur la pierre tombale un monticule insolite de fleurs croupies par les pluies. Incapable d'imaginer qui avait pu les déposer là, elle se renseigna auprès du gardien sans songer à mal, et il lui répondit avec son innocence naturelle :

« Le même monsieur que d'habitude. »

Sa perplexité fut à son comble quand le vieil homme lui expliqua qu'il n'avait pas la moindre idée de qui pouvait être le visiteur inconnu qui se présentait n'importe quel jour de l'année et laissait la tombe entièrement couverte de ces fleurs splendides que l'on n'avait encore jamais vues dans un cimetière de pauvres. Il y en avait tant et d'un tel prix que les jeter lui faisait de la peine, et il s'y refusait aussi longtemps qu'il leur restait une trace de leur magnificence première. Il lui dépeignit ce visiteur comme un homme d'une bonne soixantaine d'années, aux cheveux blancs comme neige, avec une moustache de sénateur et un bâton qui se changeait en parapluie quand la pluie tombait tandis qu'il restait devant la tombe, seul avec ses pensées. Non, il ne lui avait jamais posé aucune question, et jamais il n'avait parlé à personne de ces riches profusions de fleurs ni de l'importance des gratifications qu'on lui donnait, même pas à elle lors de ses visites précédentes parce qu'il était sûr que le monsieur au parapluie était quelqu'un de la famille.

Elle ravala son inquiétude et donna au gardien un bon pourboire, toute frappée par un éblouissement qui expliquait peut-être, tout à coup, le secret des venues fréquentes de sa mère dans l'île, sous le couvert d'une affaire personnelle dont personne n'eut jamais une idée claire, et qui n'avait peut-être pas été réelle.

Quand elle sortit du cimetière, Ana Magdalena Bach était une autre femme. Elle tremblait, et le chauffeur dut l'aider à monter dans le véhicule, parce qu'elle ne pouvait contrôler les secousses de son corps. Ce fut alors qu'elle finit par entrevoir le mystère des trois ou quatre visites annuelles de sa mère dans l'île et de sa ferme volonté d'y être ensevelie quand elle se sut mourante, frappée d'une pénible maladie en terre étrangère. Et ce fut alors que la fille devina pourquoi la mère, pendant les six années qu'il lui restait à vivre, avait fait ces voyages avec une flamme pareille à celle qui l'exhortait elle aussi à se rendre dans l'île. Elle considéra que ce qui animait ainsi sa mère pouvait tout aussi bien l'animer, à son tour, et ce rapprochement la frappa. Loin de s'en attrister, elle se sentit vivifiée par la révélation que le miracle de sa vie était d'avoir perpétué celle de sa défunte mère.

Sonnée par les émotions de cette fin d'après-midi, Ana Magdalena erra dans les quartiers pauvres et se trouva sans savoir comment sous la tente d'un magicien ambulant qui pouvait deviner et jouer avec son saxo l'air que quelqu'un, dans l'assistance, se remémorait en silence. Ana Magdalena, qui d'ordinaire n'aurait pas osé s'en mêler, demanda pourtant ce soir-là, par dérision, où était l'homme de sa vie, et le mage lui répondit avec une imprécision infaillible :

« Pas aussi proche que tu le voudrais ni aussi loin que tu le crois. »

Elle revint à son hôtel sans s'être ressaisie, le moral en berne. La terrasse était bondée d'une clientèle jeune qui dansait à l'unisson avec un orchestre tout aussi juvénile, et elle ne put résister à la tentation de partager la joie d'une génération heureuse. Il n'y avait pas une table inoccupée, mais le serveur la reconnut et alla aussitôt lui en chercher une.

Après le premier tour de danse, un autre orchestre, plus ambitieux, attaqua le *Clair de lune* de Debussy dans un arrangement pour boléro, qu'une splendide mulâtresse chanta avec amour. Émue, Ana Magdalena commanda son gin avec glace et eau gazeuse, le seul alcool qu'elle s'autorisait encore dans sa cinquantaine.

La seule chose qui lui parut ne pas cadrer avec l'esprit de la soirée fut le couple à la table voisine : lui, jeune et attrayant, elle peut-être un peu plus âgée mais éblouissante et altière. Il était évident que plongés dans une dispute sourde, ils échangeaient des reproches féroces que fracassait le vacarme de la fête. Entre deux morceaux de musique, ils s'interrompaient, contraints, pour ne pas être entendus des tables proches, mais reprenaient leur querelle avec une impétuosité renouvelée pendant le morceau suivant. La scène était si courante dans ce monde sans maître qu'elle n'intéressa pas plus Ana Magdalena que ne l'eût fait un numéro de cirque. Mais son sang ne fit qu'un tour quand la femme brisa son verre sur la table avec une solennité théâtrale et traversa la piste de danse en ligne droite, sans regarder personne, altière et belle, entre les couples heureux qui s'écartaient sur son passage. La dispute avait pris fin, et Ana Magdalena eut la discrétion de ne pas regarder l'homme qui restait, impassible, à sa place.

Quand l'orchestre conventionnel eut terminé son répertoire, il céda place à un autre, plus ambitieux, qui se mit à jouer l'air nostalgique de *Siboney*, et Ana Magdalena se laissa porter par la magie de la musique mêlée au gin. Inopinément, pendant une pause de l'orchestre, son regard croisa par hasard celui de l'homme laissé en plan à la table voisine. Elle ne détourna pas les yeux. Il lui adressa en retour une légère inclinaison de tête, et elle se sentit en train de revivre un lointain épisode de son adolescence. Un étrange frisson l'offusqua – comme si c'était le premier tressaillement de ce genre qui l'envahissait ainsi –, et le renfort du gin lui donna un courage qui ne lui ressemblait pas pour aller plus loin. Il la devança.

« Cet homme est une crapule », lui dit-il.

Étonnée, elle demanda :

« Quel homme ?

— Celui qui vous fait attendre. »

Décontenancée à la pensée qu'il parlait comme s'il pouvait pénétrer en elle ce qu'il y avait de plus intime, elle le tutoya effrontément avec une intonation moqueuse.

« À ce que je viens de voir, c'est à toi qu'on a claqué la porte au nez. »

Il ne manqua pas de comprendre qu'elle voulait parler de l'incident qui l'avait conduit à se retrouver seul.

« Ça se termine toujours comme ça entre nous, mais ses fâcheries ne durent jamais longtemps », dit-il, et il enchaîna en allant droit au but : « Vous, en revanche, n'avez aucune raison de rester seule. »

Elle l'enveloppa d'un regard amer.

« À mon âge, toutes les femmes sont seules.

— En vertu de quoi, fit-il avec un élan renouvelé, c'est ma nuit de chance. »

Il se leva, verre à la main, vint s'asseoir à sa table sans autre préambule, et Ana Magdalena, qui se sentait triste et esseulée, ne put l'en empêcher. Il commanda pour elle le gin qu'elle préférait et, pour un moment, elle oublia ses peines et redevint celle de ses autres nuits de solitude. Elle maudit une fois de plus l'heure à laquelle elle avait déchiré la carte de visite de son dernier amant, se sachant incapable d'être heureuse sans lui cette nuit, même s'il ne se serait agi que d'une heure de bonheur. Ce fut ainsi qu'elle dansa par pure apathie, mais l'homme guidait très bien, si bien qu'elle commença à se sentir mieux.

Quand ils retournèrent à la table après un tour de valse, elle s'aperçut qu'elle n'avait plus la clef de sa chambre, la chercha en vain dans son sac et sous la table. Il la tira de sa poche d'un geste de prestidigitateur et annonça comme un croupier à la table de roulette le numéro de la chambre.

« Trois cent trente-trois ! Le chiffre de la bonne fortune ! »

Aux tables voisines, on se retourna pour les regarder. Elle ne put souffrir la vulgarité de la plaisanterie et, l'air sévère, tendit sa main. Il s'avisa de son erreur et lui rendit la clef. Elle la reprit sans un mot et quitta la table.

« Permettez-moi au moins de vous raccompagner, la sollicita-t-il, rembruni. Nulle ne doit être seule par une nuit pareille. »

Il bondit de sa chaise, peut-être pour lui dire au revoir, ou tout aussi bien pour lui emboîter le pas. Il se pouvait qu'il n'en sût rien lui-même, mais elle crut deviner son intention.

« Ne te dérange pas », lui dit-elle.

Il parut dépassé.

« Et ne t'inquiète pas, insista-t-elle. Mon fils en aurait fait autant, à sept ans. »

Sur ce, elle s'éloigna d'un pas décidé, mais elle n'était pas arrivée à l'ascenseur qu'elle se demandait si elle ne venait pas de tourner le dos au bonheur en cette nuit où il lui faisait le plus rudement défaut.

Ana Magdalena s'était endormie lumières allumées pendant qu'elle débattait avec elle-même pour savoir si elle allait se mettre au lit ou descendre au bar résolue à affronter son destin. Un cauchemar récurrent de ses heures sombres avait commencé à troubler son sommeil quand quelques coups furtifs à la porte achevèrent de la réveiller. La chambre était éclairée et elle à plat ventre sur le lit dans les vêtements qu'elle avait gardés sur elle sans même s'en rendre compte. Elle resta sans bouger, à mordre l'oreiller mouillé de larmes pour ne pas demander qui était là, jusqu'à ce que celui qui toquait eût arrêté de le faire. Alors, elle s'installa plus commodément sans toutefois se déshabiller ni éteindre la lumière, et elle se rendormit en pleurant de rage contre elle-même, sur son malheur d'être une femme dans un monde d'hommes.

Ana Magdalena Bach n'avait pas dormi plus de quatre heures quand un employé de la réception la réveilla comme elle l'avait demandé afin de ne pas rater le bac de huit heures. Elle se leva prête à sauter le pas après n'avoir que trop longtemps hésité lors de ses mauvaises nuits dans l'île, mais il lui fallut attendre l'arrivée du gardien du cimetière qui devait lui indiquer les démarches à faire pour exhumer les restes de sa mère. Quand elle fut certaine de ne plus pouvoir revenir en arrière – il était déjà plus de midi –, elle appela son mari, lui mentit en lui disant qu'elle avait raté le bac, mais qu'elle prendrait sans faute celui du soir.

Le gardien et un fossoyeur dont elle avait loué les services exhumèrent le cercueil et l'ouvrirent sans compassion avec les ressorts d'un illusionniste. Ana Magdalena se vit alors elle-même dans la caisse ouverte comme dans un miroir en pied, avec un sourire gelé, les mains croisées sur la poitrine. Elle se vit pareille et au même âge que ce jour-là, avec son voile et sa gerbe de mariage, le diadème de rubis rouge émeraude et les alliances tels que sa mère l'avait stipulé en poussant son dernier soupir. Non seulement elle la vit telle qu'elle avait été de son vivant, avec sa perpétuelle tristesse inconsolable, mais elle se vit sous le regard de sa mère par-delà la mort, aimée et pleurée par elle jusqu'à ce qu'elle se démantibule dans sa propre poussière finale, et qu'il ne reste plus d'elle que les ossements rongés que le gardien et le fossoyeur dépoussiérèrent avec un balai et déversèrent sans miséricorde dans un sac.

Deux heures plus tard, Ana Magdalena posait un dernier regard de compassion sur son passé et disait un adieu définitif à ses inconnus d'une nuit et à tant et tant d'heures d'incertitudes, seuls vestiges d'elle-même dispersés dans l'île. La mer était une nappe d'or sous le soleil du soir. À six heures, quand son mari la vit entrer à la maison en traînant le sac d'os sans en faire mystère, il ne put contenir sa stupéfaction : « C'est ce qui reste de ma mère », lui dit-elle pour prévenir son effroi.

« N'aie pas peur, lui dit-elle encore. Elle le comprend. Plus encore, je crois qu'elle est la seule qui l'avait déjà compris quand elle a décidé d'être enterrée dans l'île. »

[illegible]

## *Note pour l'édition française*

Par respect pour la mémoire de Gabriel García Márquez, ses fils ont souhaité préserver le manuscrit de *Nous nous verrons en août* tel qu'il a été approuvé et édité du vivant de leur père. Nous nous conformons à leur choix, même si les lecteurs de l'édition française remarqueront peut-être la répétition de certaines phrases et des incohérences mineures comme les horaires du bac, l'identité de la fleuriste ou l'étage de la chambre d'hôtel d'Ana Magdalena Bach. Nous pouvons ainsi accéder à cet inédit du prix Nobel de littérature colombien tel qu'il l'a laissé, dans l'excellente traduction de Gabriel Iaculli.

## *Postface*

La perte de mémoire qui affligea notre père dans ses dernières années fut, comme on l'imagine aisément, très dure pour nous tous. Mais c'est tout particulièrement l'effet néfaste que cette perte eut sur sa capacité d'écrire avec sa rigueur habituelle qui fut pour lui une source de frustration désespérante. Il nous le dit un jour avec sa clarté et son éloquence de grand écrivain : « La mémoire est à la fois ma matière première et mon instrument de travail. Sans elle, il n'y a plus rien. »

*Nous nous verrons en août* est le fruit de son ultime effort pour continuer à créer contre vents et marées. Le processus a été une course entre le perfectionnisme de l'artiste et ses facultés mentales qui s'estompaient. Le long aller et venir entre les diverses versions du texte est décrit minutieusement, dans sa note pour cette édition, par notre ami Cristóbal Pera bien mieux que nous ne saurions le faire. Avant cela, tout ce que nous savions, c'était la sentence qu'avait fini par porter notre père : « Ce livre ne marche pas. Il n'y a qu'à s'en débarrasser. »

Nous ne nous en sommes pas débarrassés, mais nous l'avons laissé de côté avec l'espoir que le temps déciderait de ce qu'il convenait d'en faire. En le lisant une fois de plus presque dix ans après sa mort, nous avons découvert que ce texte possède de nombreuses et délectables qualités. Il n'est, en effet, peut-être pas aussi poli que le sont ses grands livres, présente quelques faiblesses et de petites contradictions, mais rien qui empêche d'apprécier ce qui s'impose dans l'œuvre de notre père : son inventivité, la poésie de sa langue, sa narration captivante, sa compréhension de l'être humain, dont il aborde avec tendresse les aventures et les mésaventures – tout particulièrement les amoureuses. L'amour. Sans doute le thème principal de son œuvre.

En trouvant le texte bien meilleur qu'il ne l'était dans notre souvenir, une autre possibilité s'est présentée à nous : la perte des facultés qui n'avait pas permis à Gabo de le terminer pouvait tout aussi bien l'avoir empêché de l'apprécier à sa juste valeur. Placer le plaisir de la lecture avant les autres considérations était peut-être le trahir. Mais si les lecteurs jugent le livre digne d'estime, Gabo nous accordera peut-être son pardon. C'est ce en quoi nous avons bon espoir.

Rodrigo et Gonzalo GARCÍA BARCHA

## *Note de l'éditeur*

Le 18 mars 1999, les lecteurs de Gabriel García Márquez apprirent l'heureuse nouvelle que le prix Nobel colombien travaillait à un roman composé de cinq récits autonomes avec la même protagoniste : Ana Magdalena Bach. La journaliste Rosa Mora publia cette exclusivité dans le journal espagnol *El País* avec le premier récit du livre, *En agosto nos vemos*. García Márquez l'avait lu quelques jours plus tôt à la Casa de América de Madrid, où il participait avec un autre prix Nobel, José Saramago, à un forum sur la force de création ibéro-américaine. Au lieu de prononcer un discours, il surprit son auditoire en lisant une première version du premier chapitre du roman que le lecteur tient à présent entre ses mains. Rosa Mora ajoutait : « *Nous nous verrons en août* fera partie d'un livre qui inclura trois autres romans de cent cinquante pages que Gabo a pratiquement écrits, et il est probable qu'il y inclura un quatrième parce que, explique-t-il, il a eu une idée qui le séduit. Le dénominateur commun du livre est qu'il s'agira d'histoires d'amour de gens âgés. »

Quelques années plus tard, le hasard voulut que mon destin croise celui de García Márquez, un des écrivains de chevet de mon adolescence. La lecture passionnée de son œuvre, avec celles de Rulfo, Borges et Cortázar, m'avait conduit à traverser l'Atlantique pour y faire un doctorat en littérature latino-américaine à l'Université du Texas à Austin. De retour à Barcelone, et déjà en tant qu'éditeur de Random House Mondadori, je reçus un appel de Carmen Balcells qui me donnait rendez-vous à son agence, quasi vide pendant ces jours d'été. Je devais joindre par téléphone García Márquez, qui cherchait un éditeur pour s'occuper de ses mémoires. Son éditeur habituel, mon cher ami Claudio López de Lamadrid, était en vacances ; ce fut ainsi que commença mon travail coude à coude avec l'écrivain colombien pour l'édition définitive de *Vivir para contarla*[1]. Je révisais un manuscrit qui me parvenait goutte à goutte par courrier électronique ou fax, et le lui renvoyais avec mes annotations, qui consistaient fondamentalement en une vérification de données. Il me remercia tout particulièrement de lui avoir signalé que *La Métamorphose* de Kafka, dont la lecture avait changé son univers narratif, n'avait pas réellement été traduit par Borges, même si l'édition argentine à laquelle il avait eu recours le mentionnait sur la couverture. Gabriel García Márquez se trouvait alors à Los Angeles pour se remettre d'une maladie, mais ce travail éditorial à distance me permit tout de même d'être témoin de l'étoffe de l'écrivain, de la réécriture du chapitre consacré au *Bogotazo*[2] au brillant changement d'une lettre dans un titre pour éviter un conflit avec un autre auteur. Si j'ai pu par hasard le rencontrer en compagnie de

1. *Vivre pour la raconter*, Grasset, 2003.
2. Soulèvement populaire du 9 avril 1948 à Bogota en vue d'obtenir la démission du président conservateur Mariano Ospina Pérez.

Mercedes Barcha, son épouse, dans un restaurant de Barcelone, nous n'avons renoué notre relation auteur-éditeur qu'en 2008.

En mai 2003, au terme d'un long séjour à Los Angeles, Gabriel García Márquez et Mercedes Barcha retournèrent chez eux à Mexico, où les accueillit la nouvelle secrétaire personnelle qu'ils venaient d'engager, Mónica Alonso, dont le témoignage est crucial pour reconstruire la chronologie de *Nous nous verrons en août*. D'après elle, le 9 juin 2002, l'écrivain termina la révision des épreuves finales de ses mémoires, tâche pour laquelle il était secondé par l'éditeur Antonio Bolívar. Après avoir débarrassé son bureau des versions et des notes de ce livre, il apprit que sa mère était morte ce jour-là. Cette énigmatique coïncidence bouclait la boucle : ses mémoires commençaient par ces mots : « Ma mère m'a demandé de l'accompagner pour signer l'acte de vente de la maison. » L'écrivain n'avait pas de projet imminent quand, en mettant de l'ordre dans les tiroirs de son bureau, Mónica Alonso trouva une chemise qui contenait deux manuscrits, l'un intitulé *Ella* et l'autre *Nous nous verrons en août*. D'août 2002 à juillet 2003 García Márquez travailla d'arrache-pied à *Ella*, dont le titre allait devenir, pour sa parution en 2004, *Memoria de mis putas tristes*[1]. Ce devait être la dernière œuvre de fiction publiée de son vivant.

Mais la publication en mai 2003 d'un autre fragment de *Nous nous verrons en août* fut comme une déclaration publique que García Márquez poursuivait son dernier projet narratif. Le troisième chapitre du roman fut publié comme nouvelle inédite sous le titre *La noche del eclipse* dans la revue colombienne *Cambio* le 19 mai 2003 et quelques jours plus tard dans le périodique espagnol *El País*. D'après Mónica Alonso, à partir de juillet 2003, l'écrivain se remit à travailler intensément sur le manuscrit du roman. Ce fut ainsi, dès cette date, qu'il devait accumuler cinq versions numérisées successives, en plus des premiers brouillons et d'une autre version apportée de Los Angeles. Toutes ces versions datées figurent dans les archives de l'écrivain déposées

1. *Mémoire de mes putains tristes*, Grasset, 2005.

au Harry Ransom Center de l'Université du Texas à Austin.

Arrivé à la cinquième version du roman, il cessa d'y travailler et en envoya un exemplaire à son agent, Carmen Balcells. « Il faut parfois laisser reposer les livres », confia-t-il à Mónica Alonso. Un événement important l'attendait alors : la célébration du quarantième anniversaire de la publication de *Cien años de soledad*[1], avec la présentation d'une édition définitive de la Real Academia Española, et les préparatifs allaient le tenir occupé. Sa participation à l'ouverture du Congrès international de la langue espagnole de Carthagène des Indes de 2007 devait être l'une des dernières cérémonies publiques auxquelles il participa.

En mars 2008, installé à Mexico comme directeur éditorial de Random House Mondadori, je repris à la demande de Carmen Balcells mon travail d'éditeur conjointement avec García Márquez pour une compilation de ses textes écrits pour être lus en public, qui devait paraître deux ans plus tard sous

1. *Cent ans de solitude*, Seuil, 1968.

le titre *Yo no vengo a decir un discurso*[1]. Les visites fréquentes à son bureau, au moins une fois par mois, se traduisirent par une longue conversation sur les livres, les auteurs et les sujets qu'il abordait dans les textes de l'édition.

À l'été 2008, Carmen Balcells m'informa, à Barcelone, que García Márquez avait un roman inédit pour lequel il ne trouvait pas de fin et me demanda de l'encourager à le terminer. Elle m'annonça qu'il s'agissait d'une femme mûre mariée qui se rend dans l'île où sa mère est enterrée et où elle rencontre l'amour de sa vie. À mon retour à Mexico, la première chose que je fis fut de demander à Gabo où en était le roman et de lui rapporter ce que m'en avait dit son agent. Gabo m'avoua, amusé, que ce n'était pas l'amour de sa vie que la protagoniste trouvait dans l'île, mais un amant différent à chacune de ses visites. Et, pour me prouver qu'il avait déjà une fin, il demanda à Mónica la dernière version, qui était encore dans un de ses classeurs allemands Leuchtturm, et il me lut le dernier paragraphe,

1. *Je ne suis pas ici pour faire un discours*, Grasset, 2012.

qui refermait le récit d'une façon éblouissante. Il était très jaloux de son travail en cours, mais quelques mois plus tard il me permit de lire trois chapitres à haute voix en sa présence. Je me rappelle qu'ils me laissèrent une impression de maîtrise absolue sur un thème original qu'il n'avait encore jamais abordé dans son œuvre. Et aussi le désir qu'un jour ses lecteurs puissent le partager.

Sa mémoire ne lui permettait déjà plus d'imbriquer les divers fragments et les corrections de sa dernière version, mais la révision du texte fut pour un temps la meilleure manière d'occuper ses journées dans son bureau en faisant ce qu'il aimait le plus faire : proposer ici un adjectif ou là le changement d'un détail. La version V, datée du 5 juillet 2004, sur la première page de laquelle il écrivit : « Grand OK final. Informations la concernant CHAP. 2. Attention : probable Chap. Final / c'est le meilleur ? » était clairement sa préférée, et ce fut alors qu'il décida d'y intégrer avec l'aide de Mónica quelques suggestions notées sur les versions antérieures. En même temps, Mónica conservait une version numérisée dans laquelle demeuraient encore des fragments d'autres options ou des scènes que l'auteur avait envisagées précédemment. Ces deux documents sont la base de cette édition.

La relation entre un auteur et un éditeur est un pacte de confiance fondé sur le respect. Le privilège de travailler avec García Márquez est un exercice constant d'humilité qui, dans mon cas, repose sur ses propres paroles, le jour où Carmen Balcells m'a tendu le combiné lors de notre première conversation téléphonique à ce sujet : « Je veux que tu sois le plus critique possible, pour qu'une fois mis le point final je n'aie plus rien à revoir. » Mon travail, pour cette édition, a été celui d'un restaurateur confronté au tableau d'un grand maître. Partant du document digitalisé conservé par Mónica Alonso, et en le confrontant à la version V qu'il considérait comme la plus aboutie, j'ai relu chacune de ses notes manuscrites ou dictées à Mónica Alonso, chaque mot et phrase modifiés ou éliminés, chaque option portée en marge, avant de décider de l'incorporer à cette version définitive. Le travail d'un éditeur ne consiste pas à changer un livre, mais à le rendre plus fort avec ce qui figure déjà sur la page, et telle a été l'essence de mon travail éditorial. Ce qui va, entre autres choses, de la vérification et la correction des données, du nom des musiciens ou des auteurs cités à la cohérence concernant l'âge de la protagoniste, comme il l'a voulu.

J'espère que les lecteurs de *Nous nous verrons en août* partagent une déférence et un émerveillement pareils à ceux que j'ai ressentis toutes les fois que j'ai lu ce texte, lectures pendant lesquelles je sentais la présence de Gabo par-dessus mon épaule, comme sur la photo que Mónica a un jour prise de nous tandis que nous corrigions ensemble son livre de discours.

Tous mes remerciements à Rodrigo et Gonzalo García Barcha pour la confiance qu'ils ont placée en moi le jour d'août où ils m'ont appelé pour m'informer qu'ils avaient décidé que *Nous nous verrons en août* devait être publié et que j'en serais l'éditeur. Devant le poids écrasant de cette responsabilité, leur enthousiasme et leurs encouragements tout au long de l'établissement de cette édition ont été la plus grande récompense que mon travail d'éditeur m'ait value de toute ma vie. Le souvenir de Mercedes Barcha, qui a un jour décidé de m'ouvrir sa porte, en plus de celle du bureau, n'a cessé de m'accompagner pendant tous ces mois. La fidélité et l'engagement de Mónica Alonso vis-à-vis de l'écrivain ont été cruciaux pour que le texte arrive jusqu'à nos mains et je la remercie d'avoir consacré tout son temps à reconstruire l'histoire de son écriture. Nous sommes aussi tous débiteurs envers les membres de l'équipe du Harry Ransom Center de l'Université du Texas à Austin pour leur travail de reproduction numérique des manuscrits du roman, qui a permis de mener à bon terme cette édition : Stephen Enniss, Jim Kuhn, Vivie Behrens, Cassandra Chen, Elizabeth Garver et Alejandra Martinez. Je remercie le grand éditeur et ami Gary Fisketjon pour une conversation qui m'a permis de surmonter un passage à vide. Son expérience a été mon guide, comme l'est encore notre regretté éditeur en chef Sonny Mehta, qui aurait été enchanté de publier ce livre. Je remercie tout particulièrement mon épouse Elizabeth et nos enfants Nicholas et Valerie pour leur soutien pendant les longs moments où je suis resté enfermé dans mon bureau avec ce roman. Finalement, mes remerciements les plus profonds vont à Gabo, pour son humanité, sa simplicité, et l'affection qu'il a toujours partagée avec ceux qui s'approchaient de lui en le considérant comme un dieu, et auxquels il montrait avec le sourire qu'il n'était qu'un homme. Son souvenir a été pendant ces derniers mois le plus grand stimulant pour en arriver où nous en sommes.

Cristóbal Pera,
février 2023

DU MÊME AUTEUR *(suite)*

De l'amour et autres démons, Grasset ; Livre de Poche, 1997.

Journal d'un enlèvement, Grasset ; Livre de Poche, 1999.

Vivre pour la raconter, Grasset ; Livre de Poche, 2006.

Mémoire de mes putains tristes, Grasset ; Livre de Poche, 2006.

Je ne suis pas ici pour faire un discours, Grasset.

Le Scandale du siècle, Grasset ; Livre de Poche, 2024.

*Composition et mise en pages*
*Nord Compo à Villeneuve-d'Ascq*

Cet ouvrage a été achevé d'imprimer sur Roto-Page
par l'Imprimerie Floch à Mayenne
pour le compte des éditions Grasset
en mars 2024.

PAPIER CERTIFIÉ

N° d'édition : 23184 – N° d'impression : 104606
Première édition, dépôt légal : mars 2024
Nouveau tirage, dépôt légal : mars 2024
*Imprimé en France*